Über das Buch:

SANDT HAT TAUSEND FARBEN erzählt die Geschichte einer Begegnung, erzählt vom Geschmack des Lebens, von den
Farben der Sehnsucht, von Beziehung und Liebe, und der Hoffnung, die am Ende bleibt.

„Die Wüsten müssen bestanden werden, die Wüsten der
Einsamkeit, der Weglosigkeit, der Schwermut, der Sinnlosig-
keit, der Preisgegebenheit. Gott, der die Wüste schuf, erschließt
auch die Quellen, die sie in fruchtbares Land verwandeln."
(Alfred Delp: Worte der Hoffnung. Echter Verlag, Würzburg
2009. S. 48)

Zur Autorin:

Nadja Neubauer, 1989 in Nürnberg geboren, hat in Erlangen
Theater- und Medienwissenschaften und Soziologie, in Bam-
berg Kommunikationswissenschaft studiert. Nach einem jour-
nalistischen Volontariat beim Radio ist sie als Moderatorin und
Redakteurin tätig.

Sand hat tausend Farben

Nadja Neubauer

Bibliografische Information der Deutschen Nationalbibliothek: Die Deutsche Nationalbibliothek verzeichnet diese Publikation in der Deutschen Nationalbibliografie; detaillierte bibliografische Daten sind im Internet über dnb.dnb.de abrufbar.

Nadja Neubauer, Germering, 2025
Verlag: BoD · Books on Demand GmbH,
Überseering 33, 22297 Hamburg, bod@bod.de
Druck: Libri Plureos GmbH, Friedensallee 273,
22763 Hamburg

ISBN: 978-3-7481-9944-1

Für alle, die suchen, sehnen, lieben und lassen.

Im Winter:
Hellgrau bis Beige

Weggedanken

Der Weg zum Bahnhof ließ ihr viel Zeit zum Nachdenken. Auf dem Weg gab es heute nichts, das sie vom Grübeln hätte abhalten können. Manchmal waren es Gedanken, die kamen und gingen, leicht wie eine Feder im Wind. Manchmal waren es aber auch Gedanken, die schwer waren und sie mit ihrem Gewicht überrollten wie ein Fünftonner.

Wenn die Liebe vom Zufall abhängt, Zufall im Sinne von Vorsehung, im Sinne von Fügung, dann kann Onlinedating nicht derselbe Zauber innewohnen wie einer zufälligen Begegnung mit einem Fremden. Onlinedating hat nichts mit Zufall zu tun: Ich bestimme, wann, wo, mit wem ich mich treffe. So einfach. So banal. So wenig zauberhaft wie eine Essiggurke im Einmachglas. Vielleicht ist dieser Vergleich gar nicht so schlecht. Vielleicht schmeckt ein solches Treffen sogar ein wenig nach Essig, ein wenig sauer, ein wenig bitter, ein wenig süß. Jedenfalls wohnt einem solchen Treffen kein Zauber inne. Ich kann nicht versuchen, wie Tomas und Teresa in *Die unerträgliche Leichtigkeit des Seins* eine so entstandene Liebesbeziehung auf ihre Zufälle hin zurückzuverfolgen bis zu dem Zufall, der ihr Ursprung war, ein ursprünglicher Zufall, der dafür sorgte, dass aus einer Begebenheit Bedeutung erwuchs. Ein Glied dieser Kette fügt sich in das andere, ich muss nur folgen, deuten, entscheiden, nächster Schritt. So wird schließlich aus dieser Kette zufälliger Begebenheiten von *wäre ich nicht* und *hätte ich nicht* eine bedeutungsvolle Kette von Zufällen.

Ihr Blick schweifte umher, blieb auf den grauen Asphaltkacheln am Bahnhofsboden haften, die Geschichten erzählten von den Passanten, die vorübergegangen waren und ihre Spuren hinterlassen hatten. Sie fragte sich, zu welchen Leuten mit welchen Geschichten, die nun hier im Asphalt des Bahnhofgeländes verewigt waren, sie wohl gehörten. Was erzählten sie? Sie betrachtete den Schmutz in den Ecken, an den Wänden. Warum müssen Bahnhöfe immer so schrecklich lieblos behandelt werden? Die Tragik des Allgemeinguts machte sie zu Grenzbereichen der Zivilisation. Und wenn eine rote Kaffeemaschine, die einer dem anderen schenkt, der Ausdruck wortloser Liebe ist? Verrät ein liebloser Umgang damit dann diese Liebe nicht? Was bedeutet das für die Beziehung, die hinter oder vor dieser Liebe steht?

Sie betrachtete die Stufen und stieg sie eine nach der anderen hinauf. Bewusst setzte sie ihre Schritte, den Blick bald nach oben gerichtet, um das Licht zu sehen. Da war nur Grau am oberen Treppenabsatz. Grau. Alles war grau. Die Treppe, der Bahnsteig, der Himmel. Selbst die Menschen waren grau in ihren Mänteln und Jacken. Hellgrau, dunkelgrau, anthrazit, fast schwarz. Sie wartete, bis die Bahn kam, und stellte sich vor, dass sie mit den anderen zusammen, dem grauen Himmel, der Treppe und dem Bahnsteig zu einer grauen Masse verschmolz, zu irgendeiner gallertartigen grauen Masse, zäh dahinwabernd, vor, zurück, kaum Bewegung, alles Stillstand. Nur die grauen Wolken am grauen Himmel zogen gemächlich leicht dahin. Die Bahn kam. Die Masse geriet in Bewegung, teilte sich, und verteilte sich auf freie Plätze und im Gang. Es dünstete. In der Bahn war es eng und warm. Sie schaute aus dem Fenster. Andere lasen, gähnten, starrten auf ihr Smartphone, checkten Mails, Accounts und die neuesten News, hörten Musik, unterhielten sich. Sie schaute aus dem Fenster. Die ganze Zeit. Es war ihre Zeit der Ruhe, bewusst dazusitzen und die Welt vor dem Fenster an ihr vorbeiziehen zu lassen.

Sand dachte sie auf einmal. Die Menschen draußen waren alle grau, die hier drinnen auch. *Fifty shades of grey. Fifty shades of sand.* Sand ist nicht nur sandfarben. Wenn wir das Wort *sandfarben* benutzen, haben wir eine ungefähre Vorstellung davon im Kopf, welche Farbe wir damit meinen, wie etwas aussieht, das sandfarben ist. Dabei ist Sand nicht einfach nur sandfarben. Sand hat so viele Farbschattierungen: Ocker, rost, gold, beige, weiß, rosé. Sie musste lächeln bei dem Gedanken an die Wüstenfarben. Die Wüste bei Regen, bei Sturm, Wind und Kälte. Der Wüstenhimmel war grau damals, nicht sonnenscheinwolkenlosblau. Er war grau wie der Himmel heute. Doch der Sand, der Sand leuchtete in all seinen Farben.

Erwarten

Sie musste beim Aussteigen wieder an die rote Kaffeemaschine denken, die sie ihren Eltern geschenkt hatte. Sie war nicht so gut darin, ihre Liebe in Worte zu packen. Eine Kaffeemaschine machte es ihr leichter. Sie war das Medium, das die Botschaft übermittelte. Übermitteln sollte. Leider konnte die Maschine nicht sprechen. Somit blieb ihre Botschaft stumm. Ein stummer Ausdruck von Liebe, der falsch gedeutet, nicht richtig verstanden wurde. Die Kaffeemaschine war für ihre Eltern eben nur eine Kaffeemaschine, ein Geschenk zwar, aber dennoch ein Gebrauchsgegenstand, der kaputt gehen konnte. Während für sie mit der Kaffeemaschine ihr Medium der Liebe kaputt ging, ging für ihre Eltern nur eine rote Kaffeemaschine kaputt, die sich durch jede andere ersetzen ließ. Die Liebe ließ sich nicht einfach ersetzen. Liebe ließ sich nie einfach ersetzen. Jede Liebe ist einzigartig. Ihre Kaffeemaschine war einzigartig.

Wo musste sie hin? Sie blieb kurz auf dem Bahnsteig stehen und schaute auf die Beschilderung. Schließlich wandte sie sich nach links. Sie vergrub die Hände in den Jackentaschen und zog den Kopf ein klein wenig zwischen die Schultern, ehe ihr klar wurde, dass sie sich nicht kleiner machen wollte als sie ohnehin schon war. Also streckte sie den Kopf und straffte die Schultern. Sie spürte die kühle Luft zwischen Hals und Jackenkragen, aber er sollte nicht glauben, sie sei unsicher oder nicht selbstbewusst genug. Warum machte sie sich Gedanken darüber, was er von ihr halten könnte? Sie kannte ihn noch nicht einmal. Aber sie hatte mit ihm geschrieben. Er war eines von vielen 2D-Bildern in ihrem Kopf, das sich nun in ein 3D-Bild verwandeln würde.

Sie versuchte in sich hineinzuhören, versuchte zu hören, wie sie sich fühlte. Ihr Inneres war leer. Da waren keine besonderen Geräusche in ihr. Vielleicht ein leises Kribbeln, ein schwaches Klopfen. Sie musste an die Essiggurke im Glas denken: ein wenig sauer, ein wenig bitter, ein wenig süß, vielleicht auch pikant. Wie das Treffen wohl werden würde? Für sie war die erste Begegnung

entscheidend, nicht das, was man vorher schriftlich ausgetauscht hatte. Worte konnten noch so viel sagen, noch
so liebevoll, humorvoll, intelligent oder einfühlsam sein;
aber das Herz? Das Herz sagte nicht viel, es brauchte
nicht viele Worte, es schlug höher oder es schlug eben
nicht höher. Man konnte sich riechen oder eben nicht.
Man war sich sympathisch oder eben nicht. Die Begegnung von Angesicht zu Angesicht, das 3D-Bild war entscheidend.

Sie schaute auf das Display ihres Handys und checkte
die Uhr. Ob er schon da war und wartete? Es war noch
Zeit, aber sie wollte auf keinen Fall vor ihm da sein.
Wenn sie vor dem Treffen die Gelegenheit bekam, ihn zu
beobachten, noch ehe er sie sah, verschaffte ihr das einen
Vorsprung. Was tat er, wenn er wartete? Wie bewegte er
sich? Wirkte er nervös, angespannt, gelassen, cool, freu-
dig? Suchte er unauffällig die Richtungen ab, aus denen
sie kommen konnte? Was tat er, wenn sie näherkam und
er sie erkannte? Lächelte er schon von weitem oder blieb
er kühl, tat so, als ob ihn das alles nichts anging? Kam er
ihr entgegen, oder wartete er, bis sie bei ihm war? Kleinigkeiten. Kleinigkeiten, die ihr schon ein wenig mehr
über ihn verrieten als ein paar Fotos und ein Instagram-
Account. Das Beobachten verschaffte ihr außerdem Gelegenheit, sich auf die doch sehr wahrscheinliche Tatsache einzustellen, dass er in 3D nicht ihr Typ war. Sie
nutzte die Zeit zum Überlegen, wie sie reagieren wollte,
um ihm diese Tatsache nicht direkt beim ersten *Hallo*
entgegenzuschmettern.

Eigentlich hasste sie es, das Online-Dating. Sie wollte
dem Zufall nicht vorgreifen. Sie wollte nicht in die Hand

nehmen, was ein anderer fügen sollte. Andererseits schloss das eine das andere ja nicht aus. Der Zufall, der für sie doch keiner war, hatte weiterhin seine Chance. Er begleitete sie, wo immer sie hin ging. Sie erweiterte diese Chance nur ein wenig. Sie hatte nichts zu verlieren, nur zu gewinnen, wenn es denn einmal so käme. Bisher hatte kein Treffen ihr Herz höherschlagen lassen. Es war bei Worten geblieben, bei netten, angenehmen, langweiligen, oberflächlichen, leeren Worten, bei Worten, die für sie keine weitere Bedeutung hatten. Trotzdem war sie gespannt auf jede Begegnung und auf den Menschen, dem sie begegnen würde.

Erste Begegnung

Sie kam nicht. Das war klar. Warum sollte sie? Warum war er nur so blöd, und ließ sich immer wieder darauf ein. Die letzten Dates hatten ihm doch bewiesen, dass es sinnlos war, reine Zeitverschwendung.

Er musste gähnen und starrte wieder auf die Uhr. Er war ungeduldig. Es war noch Zeit, aber er hasste es, zu warten. Er hasste es, wenn sie ihn warten ließen und ihm das Gefühl gaben, das Treffen sei ihnen nicht wichtig, er sei ihnen nicht wichtig. Vielleicht musste er warten, weil sie nicht wussten, was sie zu diesem Treffen anziehen sollten. Zu aufreizend, zu sexy, zu sehr Schlabberlook, zu sportlich, nicht sexy genug, was will ich ihm mit meinem Outfit sagen? Dabei war es ihm vollkommen egal, was sie ihm mit ihren Klamotten sagen wollten. Er wollte ihnen mit seinen Klamotten auch nichts sagen. Es wäre falsch zu meinen, dass er keinen Wert auf Äußeres legte, aber was nützte es, wenn ihre Klamotten ganze Geschichten erzählten, sie selbst aber nichts zu erzählen hatten?

Er musste wieder gähnen. Verdammt. Warum war er so müde? Er schaute auf sein Handy und rief ihr Profil noch einmal auf. Manchmal war es ihm passiert, dass ihm der Name entfallen war, einfach weg. Wie ausgelöscht. Er konnte sich plötzlich nicht mehr erinnern, wie sie hieß. Den ganzen Abend über konnte er sich nicht auf das Gespräch konzentrieren, weil er ständig an den Namen denken musste, den er vergessen hatte. Er wollte sich die Blöße nicht geben, sie noch einmal danach zu fragen. Jemanden beim Namen zu nennen, war ein Zeichen von Wertschätzung, ein Zeichen von Respekt. Er hatte das Treffen schließlich beendet.

Er war ungeduldig. Sie hatte gesehen, dass er schon zum zweiten Mal auf die Uhr geschaut hatte innerhalb von fünf Minuten. Fast musste sie lachen. Sie war noch nicht zu spät, eigentlich war er zu früh. Warum also die Ungeduld?

Er sah aus wie auf den Fotos. Das war schon mal ein Pluspunkt. Ihr war es noch nie passiert, dass jemand ein falsches Foto verwendet hatte, aber es war doch jedes Mal überraschend, wie fotografisches Abbild und Realität auseinanderdriften konnten. Da waren sie doch tatsächlich älter, dicker, bärtiger, kahler, kleiner oder weniger muskulös als auf den Fotos. Sie war nicht oberflächlich. Ganz im Gegenteil. Aber für ihre Erwartungen konnte sie nichts; und wenn ein Foto Erwartungen in ihr weckte, wollten diese erfüllt werden. Meistens machte es ihr nichts aus, wenn das Foto nicht exakt mit ihren Vorstellungen übereinstimmte. Sie sah auf ihren Fotos vermutlich auch anders aus als erwartet. Porträts waren nur Abbilder, Sekundenbruchteile ihrer selbst, festgehalten in der Zeit; aber die Art, wie jemand sich bewegte, lächelte, sprach, die Mimik und Gestik, die Körperhaltung und der Körper in Bewegung, konnte man nicht auf den Fotos sehen, ebenso wenig wie den Charakter einer Person. Jeder Mensch war die Summe vieler Teile, und einer stand keine hundert Meter von ihr entfernt und wartete darauf, dass sie ihn Stück für Stück zu einem Gesamtbild zusammensetzte.

Es reichte ihm. Er hatte keine Lust mehr, zu warten. Was soll's. Es war windig und kühl. Er hatte noch genug offene Dates, konnte sich zu einem anderen Treffen verabreden, oder es endlich bleiben lassen.

„Hi, Mark! Du bist doch Mark? Wartest du schon lange?" Ihre Stimme ließ ihn kurz zusammenzucken. Wo war sie hergekommen? Er musterte sie. Sie war klein, schlank, normal irgendwie. Auf den ersten Blick war sie so wie ihr Profil ihm verraten hatte.

„Äh, hi! Nein, nicht so lange." Ihr plötzliches Auftauchen hatte ihn aus dem Konzept gebracht. Er hatte sie nicht kommen hören, nicht kommen sehen. Das *nicht* hatte ihm Zeit genommen, auf sie zu reagieren. Mist, wie hieß sie nochmal? Der Name war weg.

Sie wartete, ob noch mehr kam, dann sagte sie: „Okay. Gut. Es ist auch echt frisch heute. Was machen wir?" Sie war irritiert. Sie wurde den Eindruck nicht los, dass er hatte gehen wollen. Wenn er keine Lust auf das

Treffen hatte, warum hatte er dann zugesagt? Warum war er dann gekommen? Er wirkte unwillig. Irgendetwas schien ihn zu stören. Hatte sie etwas falsch gemacht? Im selben Moment hasste sie sich für diesen Gedanken. Wenn er mies drauf war, lag das sicher nicht an ihr. Trotzdem war ihr die Lust auf diese Begegnung vergangen. Mark stand einfach da, und sagte nichts. Hatte er sie nicht verstanden? Was war los mit dem Kerl?

Sie standen einander gegenüber und schauten sich an. Es war eine merkwürdige Situation. Beide wollten, wollten nicht, und konnten doch nicht gehen. Die Situation hielt sie gefangen. Der Rahmen, den sie für dieses Treffen schon vorher abgesteckt hatten, war an Verhaltensregeln geknüpft, an gegenseitige Erwartungen, denen eine Richtung vorgegeben war, die sie nicht ändern konnten. Doch es lief aus dem Ruder.

Die Essiggurke war überhaupt nicht im Glas, dachte sie. Es war wie Essigsäure, reine Essigsäure.

Zeitverschwendung, dachte er, wenn er den Namen nicht erinnerte.

Sie steckten beide fest. Ihre Gedanken kreisten um sich selbst. Sie kreisten nicht umeinander. Augenblicke des Schweigens vergingen, vielleicht waren es aber auch nur wenige Sekunden, die Mara viel zu lange vorkamen.

Von Namen und Annahmen

„Hast du eine andere erwartet? Ich bin Mara, die, mit der du geschrieben hast."

Sie schaute ihn fragend und ein wenig herausfordernd an, wollte dieses peinliche Schweigen beenden. Wenn er jetzt wieder nichts sagte, dann würde sie auf dem Absatz kehrt machen und gehen.

Sie wartete. Seine Augen weiteten sich unmerklich. Der Name! Mara bemerkte es nicht. Sie sah nur ein flüchtiges Interesse, das sie vorher nicht wahrgenommen hatte.

„Alles klar, Mara. Lass uns irgendwo hingehen und einen Kaffee trinken. Es ist ungemütlich hier draußen."

Hätte sie gewusst, was die Erinnerung an ihren Namen bei ihm ausgelöst hatte, hätte sie in diesem Augenblick der glücklichste Mensch der Welt sein können. Sie hatte die Situation gerettet, sie hatte die Begegnung gerettet, sie hatte ihn gerettet. Hätte sie es gewusst. So war sie einfach froh, dass das Treffen nicht auf so unschöne Weise beendet wurde, ehe es richtig begonnen hatte, und sie den restlichen Tag doch noch zufrieden ausklingen lassen konnte; zufrieden damit, dass sie ein nächstes Treffen hinter sich gebracht haben würde, sich abermals überwunden hatte, und nichts dabei verloren hatte, sondern eine weitere Begegnung gewonnen.

Sie musterte ihn beim Gehen. Unauffällig. Er trug helle Jeans und einen dunkelblauen Mantel, dazu weiße Turnschuhe. Die Hände hatte er in den Manteltaschen vergraben. Sein Kopf wippte beim Gehen leicht vor und zurück. Er war groß. Es war nicht schwer, größer als sie zu sein, aber er war ein ganzes Stück größer, und er war schlank, fast ein bisschen drahtig für seine Größe, jedenfalls war er nicht kräftig. Was noch? Auf seinem Profil hatte er ein Foto gehabt, auf dem sich die Sonnenstrahlen in seinem Gesicht spiegelten. Sein Haar war dort, wo die

Sonne es traf, kastanienfarben, der Rest dunkelbraun, fast schwarz. Was sie gefesselt hatte, waren seine Augen. Als würde sie in einen Herbstwald eintauchen. Ein Lichtspiel von Bernstein, rotem Weinlaub, Ebenholz, und Tannengrün. Es war faszinierend. Eigentlich hatte sie ihn nur deshalb nicht weggewischt. Normalerweise gab sie keinem eine Chance, der überhaupt keine persönlichen Infos von sich Preis gab. Wenn diese Augen nicht gewesen wären, die sie jetzt gar nicht sehen konnte, weil er beim Gehen kein einziges Mal zu ihr herüber schaute, wäre sie jetzt nicht hier. Hatte er auf dem Foto eigentlich gelächelt? Sie erinnerte sich nicht.

Sie hatten nur kurz geschrieben. Ein bisschen Smalltalk, ein paar Nettigkeiten, wenige Infos, dann hatte er sie um ein persönliches Treffen gebeten.

Er war nicht der Typ für viel Gerede, wenn es dann am Ende doch nicht passte. Davon abgesehen hatte er keine bestimmten Erwartungen. Er machte sich vorher keine Gedanken darüber, was er von ihnen wollte. Er wollte nichts. Er wollte sich treffen, alles andere ergab sich dann oder eben nicht. Was auch immer. Er war nicht wählerisch, was seine Dates anging. Aber er mochte es nicht, wenn sie ihn langweilten. Dann war er ganz schnell wieder weg. Und leider kam der Punkt früher oder später, an dem sie anfingen, ihn zu langweilen.

Er ging neben ihr. Sie unterhielten sich. Sie fragte etwas, er antwortete, während seine Gedanken anderswo waren. Ihre wenigen Worte vorhin hatten etwas Entwaffnendes gehabt, das ihn überrascht hatte. Dass sie ihm ihren Namen genannt hatte, war ein kluger Schachzug gewesen. Er hätte sonst nicht weiterspielen können. Jetzt war wieder alles offen.

„Du lächelst wohl nicht oft?"

Sie sagte es einfach frei heraus. Vor ihnen auf dem Tisch standen eine Tasse schwarzer Kaffee ohne Milch und Zucker, und ein Cappuccino mit viel Milchschaum und wenig Zucker. Sie saßen sich an dem kleinen, runden Tisch im Café gegenüber umgeben vom Stimmengewirr der anderen Gäste, die versuchten, bei einem heißen Getränk und netten Gesprächen dem trüben Herbstwetter draußen zu entkommen.

Er musterte sie ein wenig überrascht. Warum hatte sie das gefragt? Es war ihr einfach so rausgerutscht. Sie hatte wieder an das Foto denken müssen und an ihr Gespräch auf dem Weg hierher, das irgendwie angenehm gewesen war, ein Gespräch unter Fremden, die die gemeinsame Absicht zusammengeführt hatte, sich ein wenig besser kennenlernen zu wollen, etwas voneinander zu erfahren, ohne zu viel zu verraten, weil man sich doch noch nicht wirklich und nicht gut genug kannte.

Die eingetretene Stille war zu laut. Sie nahm ihre Tasse und konzentrierte sich auf den Milchschaum, der kleine Bläschen an der Oberfläche warf, um die Stille nicht hören zu müssen. Sie hatte schon gemerkt, dass er im Smalltalk hervorragend war, und da hatte er ihr etwas voraus. Wenn sie jedoch abseits von Belanglosigkeiten und Allgemeinplätzen zwischen Hobbies und Lieblingsreisezielen, noch unerfüllten Abenteuern und beruflichen Vorstellungen etwas sagte, das vom Regelkanon der

Konversation einer solchen Verabredung abwich, schien er jedes Mal aus dem Konzept gebracht. Sagte man einem quasi Fremden, dass man sein Lächeln vermisste?

„Tut mir leid, das ist mir so rausgerutscht." Sagte sie schnell.

„Bist du immer so direkt?"

„Ich beobachte nur. Tut mir leid. Vergiss es."

War es so? Lächelte er wirklich so selten? Schon zum zweiten Mal an diesem Nachmittag hatte sie ihn zum Nachdenken gebracht.

Als sie schließlich beide wieder ihrer eigenen Wege gingen, dachte sie über diese Begegnung nach. Sie dachte immer über die Begegnungen nach. Analysierte, was sie erlebt hatte, analysierte ihr Verhalten und fragte sich, was sie für die Zukunft daraus mitnehmen konnte. Das erste Zusammentreffen war dabei nie so komisch wie das Loslösen. Wie verblieb man am Ende? Wann war der richtige Zeitpunkt zu gehen, wenn das Treffen gut lief, und wann der richtige Zeitpunkt, wenn es nicht so gut lief? Wie ging man auseinander, ohne zu viel zu versprechen, aber auch nicht zu viel offen zu lassen?

In diesem Fall war es nicht schwer gewesen. Er hatte ihnen die Entscheidung abgenommen, als er sagte, er hätte versprochen, seinem besten Freund, der gerade in eine neue Wohnung gezogen war, beim Aufbau der Küche zu helfen. Sie fand zwar, dass man eine Küche doch eher tagsüber aufbaute und nicht am Abend, wo eine nachbarliche Beschwerde wegen Ruhestörung vorprogrammiert war, aber sie zweifelte nicht am Wahrheitsgehalt seiner Aussage. Warum sollte sie zweifeln? Sie kannte ihn nicht gut genug, um beurteilen zu können, ob er die Wahrheit sagte oder seinen Freund nur als billige Ausrede benutzte, um das Date beenden zu können. Da sie sonst aber ihrerseits etwas hätte sagen müssen, um das Date für beendet zu erklären, ohne unhöflich zu wirken, war sie froh, dass er ihr zuvorgekommen war. Einer von beiden musste den ersten Schritt machen, musste sagen, dass es Zeit war, zu gehen, wenn man nicht gemeinsam die Nacht verbringen wollte.

Sie war wieder auf dem Weg zum Bahnhof, unterwegs in der kühlen Herbstluft. Es war dunkel geworden. Die unterschiedlichen Grauschattierungen waren einem grauen Einheitsbrei gewichen. Der Wind hatte zugenommen und wirbelte abgefallene Blätter und am Boden liegendes Zeitungspapier, Taschentücher und anderen Straßendreck durch die Luft. Ob sie sich wieder sehen würden? Es gab Dates, da wusste man schon beim Verabschieden, dass es keine Wiederholung geben würde, und solche, da tauschte man Nummern mit dem unausgesprochenen Wunsch, sich wieder sehen zu wollen, der sich manchmal erfüllte, manchmal aber auch in der Vorstellung verhaftet blieb, und manchmal nur aus Verlegenheit und zum Glück nicht offen geäußert worden war.

Bei Mark wusste sie es nicht. Sie hatte gespürt, dass da etwas war, das einem Wunsch nach Mehr gleichkam. Ob es ihm genauso ging, ob er sie anziehend gefunden hatte und sie wiedersehen wollte, wusste sie nicht.

Hätte man sie gebeten, das Treffen zu beurteilen, hätte sie mit Blick auf die Essiggurkenmetapher gesagt, dass es am Ende doch nicht bitter wie Essigsäure geschmeckt hatte. Viel mehr war es voller Geschmack gewesen, der sich nicht eindeutig einer Geschmacksrichtung zuordnen ließ. Es hatte von allem ein bisschen und doch viel mehr gehabt, hatte ein wenig sauer, süß, würzig-pikant, auch bitter und ein bisschen scharf geschmeckt. Sie hatte noch kein Einmachglas geöffnet, das so voller Geschmack war wie dieses, ohne zu wissen, wonach es genau schmeckte.

Ob sie sich wieder sehen würden? Sie wusste es nicht, aber sie hoffte es.

Dein Lächeln

Sie hatte damals tatsächlich gehofft, dass sie Mark wieder sehen würde. Sie hatte wissen wollen, wer der Mensch war, der hinter diesem Namen steckte, und der ihr im Café gegenübersaß. Nicht die Infos, die sie von ihm bekommen hatte, und die er sie hatte sehen lassen. Sie wollte wissen, was er sie nicht hatte sehen lassen.

Sie weiß noch, dass sie damals ein wenig überrascht war, dass er sie nicht gefragt hatte, ob sie mit zu ihm kommen wollte. Hatte sie ihn doch eher ein wenig oberflächlich eingeschätzt, wie jemanden, der mitnahm, was ging. Aber er hatte noch nicht einmal eine Andeutung in diese Richtung gemacht. Im Café hatte er ihr ein paar Mal in die Augen geschaut, als ob er darin etwas suchte. Was er gefunden hatte, hatte er nicht verraten.

Du lächelst wohl nicht oft. Es war mehr eine Feststellung als eine Frage gewesen, und wenn sie jetzt an diese erste Begegnung damals zurückdachte, konnte sie sich nicht mehr daran erinnern, ob und was er ihr geantwortet hatte. Im Nachhinein dachte sie, hätte ihr jemand beim ersten Date dasselbe gesagt, sie hätte beleidigt reagiert, vielleicht wäre sie sogar aufgestanden und gegangen. Er war geblieben.

Was er sie hatte sehen lassen, war alles gewesen, das sie von ihm bekommen hatte. Nie wäre sie auf die Idee gekommen, mehr zu fordern. Sie bewahrte die Erinnerung an diese erste Begegnung in einem Einmachglas voller Essigkurgen, von denen jede anders schmeckte.

Als sie zuhause ankam, hatte es zu regnen begonnen. Er hatte sich noch nicht wieder gemeldet. Nicht dass sie ernsthaft geglaubt, geschweige denn erwartet hätte, dass er sich noch am selben Abend bei ihr melden würde. Um sie zu fragen, ob sie gut nach Hause gekommen war? Um ihr zu sagen, dass das Date schön war? Um von ihr zu erfahren, ob sie ihn wieder sehen wollte?

Sie hatte es nicht wirklich erwartet, aber sie hatte es sich gewünscht wie noch bei keinem anderen Date zuvor. Bei den anderen war sie meistens froh gewesen, wenn nicht sofort etwas gekommen war, weil die Treffen zwar nett waren, aber nichts weiter. Da war kein anderes Wort außer *nett* in ihrem Kopf gewesen, wenn sie später über die Treffen nachgedacht hatte. Ließ sich auf *nett* aufbauen?

Bei diesem Treffen war es anders gewesen. Es war nicht nett. Es hatte richtig merkwürdig begonnen. Fast wäre sie wieder gegangen, noch ehe sie mehr als drei Worte ausgetauscht hatten. Seine Art, ihr auszuweichen, ihr in die Augen zu schauen, ohne wirklich tiefer sehen zu wollen, seine Kommentare, die witzig gemeint waren, aber mit einer Ernsthaftigkeit ausgesprochen, die sie eher zynisch wirken ließen als lustig, seine Miene, sein Lächeln, das nicht kam. Er hatte gelacht, das schon. Aber nicht gelächelt. Fast schien es so, als ob es bei ihm kein Dazwischen gäbe. Keine Schattierungen. Entweder hell oder dunkel. Entweder er lachte, dass sich sein ganzer Körper schüttelte oder er blieb ernst, ohne mit der Wimper zu zucken. Entweder er redete und gestikulierte dabei mit Händen und Füßen oder er blieb stumm, seine lebhaften Augen ausdruckslos.

Sie war nicht so recht schlau aus ihm geworden, und nicht sicher, ob sich auf einer merkwürdigen Begegnung mehr aufbauen ließ als auf einer netten. Doch genau deshalb wollte sie ihn gerne noch einmal sehen, um ihre ungewollte Faszination auf festen Grund zu stellen.

Er wollte tatsächlich zu seinem Freund, und hatte wirklich versprochen, ihm beim Küchenaufbau in der neuen Wohnung zu helfen. Aber eben jener Freund hatte spontan Besuch von seiner Zukünftigen bekommen, und da gab es nun mal Wichtigeres und auch Schöneres zu tun als eine Küche aufzubauen. Also ging er in die nächste Kneipe, die auf dem Weg lag, und bestellte am Tresen ein Bier.

Er brauchte eine Abkühlung. Nicht, dass es draußen nicht kühl genug war nach der dampfenden Wärme, die die Gäste in dem vollen Café ausgestrahlt hatten. Er wollte sich innerlich abkühlen. Vielleicht löschte das kühle Helle das Brennen in seinem Inneren. In seiner Magengegend? Nierengegend? Lebergegend? Nicht in der

Herzgegend. Sein Herz brannte nicht. Es schlug gleichmäßig im Takt und pumpte, ohne dass er es kontrollieren musste Blut mit und ohne Sauerstoff durch seinen Körper und sorgte dafür, dass er hier stehen und Bier trinken konnte. Sein Herz blieb unberührt. Anderswo in ihm brannte es. In seinem Kopf?

Wie konnte das sein? Er hatte schon Treffen gehabt, die waren wesentlich heißer gewesen und auch wesentlich heißer geendet als dieses. Mara. Sie hatte dafür gesorgt, dass ihm der Name in Erinnerung blieb. Wer war sie? Sie war klein, im Gegensatz zu ihm wirklich klein. Schlank, fast ein bisschen mager. Wenig Busen, wenig Hüfte, nichts wirklich Aufreizendes an sich. Wenn sie ein enges Kleid oder einen Minirock angehabt hätte, wahrscheinlich wäre sie mit ihrer Figur schon aufgefallen, wenn auch nicht als zu sexy. Aber sie hatte Jeans getragen wie er, dazu ein grünes Sweatshirt unter der Daunenjacke und braune Wildlederstiefelletten passend zum Gürtel. Er war nicht oberflächlich, er achtete lediglich auf Details.

Ein paar Mal hatte er ihr in die Augen geschaut. Ganz bewusst. Er wollte sehen, ob er sich darin spiegeln konnte. Ihre Augen passten zu ihrem Pullover. Ob sie oft grüne Oberteile trug? Oder rote? Er hatte mal irgendwo aufgeschnappt, dass etwas Rotes an einer Frau mit grünen Augen, das Grün der Augen noch mehr zur Geltung brachte. Komplementärfarbentheorie oder so ähnlich. Ihre Augen waren wie Moos, das eine stille Lichtung irgendwo im Wald bedeckte. Dunkles Moos, das von einzelnen hellgrünen Flecken gesprenkelt war, wo die Sonne es berührte. Er dachte an ihre Augen, nahm noch einen Schluck, um das Brennen zu löschen.

Er hatte ihr ein Like gegeben, weil sie so normal wirkte. Da war nichts Aufgesetztes, nichts Forderndes, nichts Verlangendes in ihren Bildern. Sie wirkte so wie sie war. So wie auch er nicht vorgab mehr zu sein als er war. Und da war noch etwas: Sie war voller Leben. Wenn sie lachte, lachten ihre Augen mit. Wenn sie ernst schaute, überwog das dunklere Moos. Sie war das Gegenteil von ihm. Vielleicht deshalb. Weil sie so gar nicht sein Typ war, weil von Vornherein klar war, dass ein Treffen mit ihr echt sein würde.

Das Brennen hatte nachgelassen. Sein Bier war leer. Trotzdem blieb er noch eine Weile regungslos am Tresen stehen. Jetzt fiel ihm ein, was es gewesen sein musste. Ihr Lächeln. Sie schien unentwegt zu lächeln, auch wenn sie gerade keine Miene verzog, auch wenn sie gerade etwas erzählte, das überhaupt nicht lustig war. Sie lächelte.

Woher kam dieses Lächeln, wenn sie doch offensichtlich gerade nicht lächelte? Er hatte ihr in die Augen geschaut, und hatte sich im Spiegel gesehen. Da stand einer, der nicht lächelte, einem Lächeln gegenüber. Und dann hatte sie ihm diese Frage gestellt. Einfach so. Und jetzt fragte er sich: Konnte jemand, der immer lächelte, jemanden wiedersehen wollen, dem das nicht gelang? Sein Nichtlächeln würde ihr echtes Lächeln irgendwann verschlingen und auslöschen. Genau deshalb hatte er bei diesem Date gezögert. Es war einfach zu echt gewesen. Er hätte niemals etwas tun wollen, um dieses Lächeln zu zerstören. Doch so wie er bei den anderen gewusst hatte, dass sie ihn früher oder später langweilen würden, so wusste er bei ihr, dass er ihr Lächeln früher oder später zerstören würde. Deshalb zögerte er.

Hätte er gewusst, welche Gedanken ihr im selben Augenblick Kilometer entfernt durch den Kopf gingen, wäre ihm klar geworden, wie lächerlich seine Ängste waren. Dabei gestand er sich noch nicht einmal ein, dass es Angst war, die ihn verbrannte.

Er winkte nach der Kellnerin hinter dem Tresen und bestellte sich noch ein Bier.

Komplizierte Welt

„Hey, Mark! Was geht? Alles klar bei dir?"

Der Spätherbst hatte Einzug gehalten. Novemberwetter vom Feinsten, und draußen vor seiner Tür stand frühlingshaft gut gelaunt sein bester Kumpel Lukas. Woher nahm er nur immer diese gute Laune?

„Ich wollte mich noch mal bedanken für die Küchenhilfe! Echt stark." Lukas klopfte Mark zur Begrüßung auf die Schulter und schob sich an ihm vorbei in die Wohnung. Den Sixpack Bier, den er mitgebracht hatte, nahm er mit in die Küche.

„Und, was geht bei dir? Irgendwelche Neuigkeiten an der Dating-Front?"

Lukas hatte leicht reden. Er war seit Ewigkeiten mit Steffi zusammen, und irgendwie hatte er nie das Bedürfnis gehabt, auch noch andere Töpfe auszuprobieren. Die beiden würden bald heiraten.

„Nichts Neues."

„Echt? Hast du nicht erzählt, dass du neulich ein ganz gutes Date hattest? Wie hieß sie noch mal? Maria, Marie,

Marina?" Lukas kam aus der Küche und reichte Mark ein Bier.

„Mara."

„Genau. Mara. Was ist mit der? Habt ihr euch noch mal gesehen?"

Mark seufzte. Er öffnete den Verschluss der Dose, es zischte. Lukas tat es ihm gleich.

„Erst mal auf dich und die neue Wohnung! Gefällt sie Steffi?" Die beiden wollten nach der Hochzeit zusammen in die größere Wohnung ziehen, Zukunftsplanung und so. Nicht Marks Ding.

„Du lenkst ab. Was ist mit Maria?"

„Mara."

„Ja, genau, Mara. Habt ihr euch noch mal gesehen?"

Mark hatte keine Lust über das Thema zu reden. Es war Wochen her. Seitdem hatte er noch ein paar andere Dates gehabt, bei denen aber von Vornherein klar gewesen war, worauf es hinauslaufen würde. Mara hatte er nicht mehr geschrieben, und ausgerechnet jetzt kam Lukas und fragte danach.

„Nein. Es hat sich nicht mehr ergeben."

„Echt jetzt? Es hat sich nicht mehr ergeben oder du wolltest nicht mehr?"

Lukas kannte ihn einfach zu gut.

„Ich weiß doch auch nicht. Es ist zu kompliziert."

Jetzt seufzte Lukas.

„Hör mal. Ich bin dein bester Kumpel, und du weißt, dass ich immer hinter dir stehe. Aber wenn das mit dir und irgendeiner Frau mal was werden soll, das über den Bettrand hinausgeht, dann musst du schon mal kapieren, dass es nie nicht kompliziert sein wird. Frauen sind kompliziert. Beziehungen sind kompliziert. Was meinst du, wie oft Steffi und ich schon aneinander verzweifelt sind! Aber so funktioniert es nun mal. Und am Ende merkst du, wie verdammt schön es ist, dass da jemand ist, der auf dich wartet, wenn du heimkommst."

Lukas grinste bei dem Gedanken an seine Steffi, lehnte sich zurück und streckte die Füße aus. Seine Ansprache war beendet. Mark schüttelte den Kopf. Wenn Lukas seine philosophische Seite entdeckte, wusste er nie so genau, ob er ihn ernst nehmen sollte oder nicht.

„So, und jetzt ist Fußball dran! Wie sieht dein Wetteinsatz heute aus?"

Als Lukas gegangen war, der Sixpack alle und die Wette verloren, starrte Mark ins Leere. Er hatte die Lichter in der Wohnung gelöscht. Manchmal brauchte er die Dunkelheit und ihre Stille, um besser nachdenken zu können. Warum hatte er mit Lukas gewettet? Er wusste, dass sein Kumpel keine Ruhe geben würde. Wenn es um Wetteinsätze ging, verstand der keinen Spaß.

Er konnte Mara nicht schreiben. Was sollte er ihr denn schreiben? Wahrscheinlich hatte sie ihn schon längst abgeschrieben. Er starrte ins Leere und fand keine Antwort.

Sie liebte diese Jahreszeit. Wenn sich der Nebel langsam lichtete und schwachen pastellfarbenen Sonnenstrahlen wich, die hell waren, aber nicht mehr wirklich wärmten. Sie liebte es, das braune abgefallene Laub bei jedem Schritt unter ihren Füßen rascheln zu hören. An schönen

Novembertagen ging sie gerne draußen spazieren. Sie wurde ein Teil dieser Welt draußen vor den Fenstern. Sie konnte aber auch verstehen, dass viele unter Winterdepressionen litten. Grau, trüb, regnerisch, ungemütlich, kalt, mehr Dunkelheit als Licht. Gerade wenn man allein war, und nicht die Abende gemeinsam mit jemandem gemütlich auf der Couch verbringen konnte, überfiel einen manchmal das Gefühl der Einsamkeit, der Verlorenheit auf dieser Welt, des Außenstehens, nicht Dazugehörens, des Verlassen-seins. An manchen Wochenendtagen, wenn sie keine Pläne hatte, keine konkreten Ideen, was sie mit sich anfangen wollte, nur ein endlos scheinender langer leerer Tag vor ihr lag, überkam auch sie manchmal dieses Gefühl. Doch sie ließ nicht zu, dass es sie beherrschte. Sie wusste, dass es schwer war, aus der Gedankenspirale zu entkommen, wenn man erst mal drinsteckte. Aktivismus half. Purer Aktivismus. Einfach raus und eine Runde laufen, auch wenn sie nicht gerne joggen ging und schon nach wenigen hundert Metern die Lust verlor. Einfach Musik an und durchs Zimmer tanzen, auch wenn sie jeder, der sie so sehen könnte, für völlig bekloppt halten würde. Einfach etwas tun und die negativen Gedanken aussperren. Sie lächelte. Wenn es doch nur immer so einfach wäre, die eigenen guten Ratschläge zu befolgen. Ihr Handy in der Tasche vibrierte. Als sie aufs Display starrte, hätte sie es beinahe fallen lassen.

„Wollen wir uns noch mal treffen?"

Sie hatte das Match nicht gelöscht. Nicht sofort und auch nach einer Woche nicht, als noch immer nichts gekommen war. Und dann hatte sie es vergessen, für abgehakt erklärt, keinen Gedanken mehr daran verschwendet.

Sie hatte die App seitdem nicht mehr benutzt. Umso überraschter war sie jetzt. Wie lange war das Treffen her? Ihre erste Begegnung? Drei Wochen, fast vier? Warum schrieb er ihr jetzt?

Die Erinnerung an die Begegnung mit ihm war nur noch schemenhaft irgendwo in ihrem Gedächtnis vorhanden, die Bilder schon ein wenig verschwommen. Warum war das Erinnern so schwer, das Vergessen so leicht? Manchmal war es gut, zu vergessen, vergessen zu können. Dabei meinte sie nicht das Verdrängen. Verdrängen war niemals gut, weil man Ereignisse, die man verdrängt hatte, nicht vergessen hatte. Sie waren nach wie vor da, und wenn man nicht aufpasste, brachen sie hervor und schwemmten einen davon wie ein Stück Treibholz, das von einer Welle erfasst wurde. Verdrängen war etwas anderes als vergessen. Das Vergessen, das mit der Zeit automatisch kam, weil man Platz brauchte für Neues, Wichtigeres, das war im Grunde genommen ganz praktisch, da man sich nicht darum kümmern musste, weil es einfach geschah. Speicher leeren, Platz für neue Daten schaffen. Mit der Zeit verblassten aber auch Begebenheiten, die man gerne für immer so erinnert hätte, wie sie in dem Moment waren, in dem man sie abgespeichert hatte: scharf und klar und voller Farbe. Es funktionierte nicht. Man konnte sein Gedächtnis nicht zwingen, in der Zeit stehen zu bleiben, und alles bis ins Detail so zu behalten, wie es geschehen war. Vieles geriet in Vergessenheit; und Mara war froh, dass sie manches Vergangene nicht mehr so deutlich vor sich sah, dass es mit der Zeit mehr und mehr verschwamm. Aber warum konnte sie sich schon jetzt nicht mehr richtig an das erste Treffen mit

Mark erinnern? Warum wusste sie schon jetzt nicht mehr, wie er geschaut hatte, als sie vor ihm stand, wie sein Blick zum Abschied gewesen war?

Hätte sich Mara heute noch daran erinnern können, was damals in ihr vorging, als sie die Nachricht las, hätte sie gelacht. Dass sie hatte vergessen können, war heute für sie tröstlich. Dass sie loslassen konnte, ein Geschenk.

Die zweite Begegnung

Dieses Mal dachte sie auf dem Weg zum Bahnhof nicht an die Wüste und den Sand. Sie dachte auch nicht an die rote Kaffeemaschine, die schon längst der Vergangenheit angehörte. Sie dachte an den Zufall und die Vorsehung. Große Themen, ganze Gedankenkomplexe, die auf ihrem bescheidenen Weg zum Bahnhof kaum zu bewältigen waren.

Es war nicht so, dass sie nie eine Chance gehabt hatte, eine Beziehung mit einem Menschen einzugehen, etwas „Festes", wie man so schön sagte. Die Betonung lag jedoch auf *Chance*. Und auf *hatte*. Es gab Momente und Augenblicke in ihrem Leben, in denen hätte sie die Chance ergreifen können, doch sie hatte es nicht getan. Sie hatte sie nicht ergriffen. Es war vorbei, vergangen. Die Gründe dafür waren ihr erst jetzt, im Nachhinein betrachtet, bewusst. Sie wusste jetzt, dass sie damals, als sie die Chance gehabt hatte, nicht so weit und nicht bereit gewesen war. Und da ihr jetziges Selbst nicht in die Vergangenheit reisen konnte, hatte es damals so kommen müssen. Ihr damaliges Selbst hatte nicht die Informationen gehabt, die ihr jetziges Selbst hatte. War sie auf der Suche nach der Liebe?

Sie musste an ihre Eltern denken, an ihren Vater und ihre Mutter. Sie hatte sie beobachtet und manches Mal gedacht, besonders liebevoll war deren Umgang miteinander nicht, verglichen jedenfalls mit der romantischen Liebe in Filmen und Büchern, die nicht selten ihre früheren Tagträume bestimmte. Medial vermittelte Liebe. Doch Liebe war ein großes Wort. Inzwischen wusste sie, dass sie sich nicht auf tausend Seiten oder einer Kinoleinwand einfangen ließ.

Was sie gelernt hatte war, dass lieben annehmen hieß. Es ging um das Obwohl und nicht um das Weil. Lieben hieß, das Obwohl anzunehmen. Sie hatte Jahre gebraucht, um ihre Eltern zu lieben, sie anzunehmen, wie sie waren, obwohl sie vieles störte. Und irgendwie war sie nun doch wieder bei der roten Kaffeemaschine angelangt. Sie konnte ihren Eltern sogar verzeihen, dass sie diese Liebe mit Füßen getreten hatten. Am Ende war es doch nur eine rote Kaffeemaschine.

Dieses Mal sah er sie kommen.

Hätte er ihr geschrieben, auch wenn Lukas nicht gewesen wäre? Vermutlich nicht. Er schaute sich um. Sah die Menschen an ihm vorbeihasten, über den Platz laufen, dastehen, warten, alleine, zu zweit, in Grüppchen, sich unterhaltend, telefonierend, aufs Handydisplay schauend, sich nicht für die Mitmenschen interessierend. Was war das denn für eine verrückte Welt, in der man so sein

Glück suchte. Er warf die Zigarette auf den Boden und drückte sie mit dem Schuh aus.

„Du rauchst?"

Sie stand vor ihm und schaute ihn fragend an. Er sah das Moos in ihren Augen tiefgrün, fast schwarz. Hatte er bei ihrem ersten Treffen nicht geraucht? Er konnte sich nicht erinnern.

„Ab und zu, wenn mir danach ist."

Ihre Augen verrieten ihm nicht, ob sie mit der Antwort zufrieden war oder nicht. Vielleicht mochte sie es nicht, wenn er rauchte. Störte ihn das? Wollte er, dass es sie nicht störte?

Er rauchte also. Das war neu. Störte sie das? Sie war sich nicht sicher. Da war es wieder, das Obwohl.

„Alles klar?" Sein forschender Blick lag auf ihr.

„Klar." Warum war das mit dem Obwohl bloß so schwer?

„Stört es dich, wenn ich rauche?"

Sie schaute ihn an, war überrascht. Sie hatte nicht damit gerechnet, dass er fragen würde.

Die Frage war ihm einfach so rausgerutscht. Warum machte er sich Gedanken darüber, ob sie das Rauchen stören könnte? Das Rauchen war sein kleines Laster. Er hatte früher intensiver geraucht, war mit der Zeit aber zum Gelegenheitsraucher geworden. Ganz aufzuhören war ihm nie gelungen. So war das mit der Sucht. Alles in einem sehnte sich. Sehnsucht. Er suchte in ihren moosgrünen Augen nach einem Lächeln.

„Nein. Ich habe selbst nie geraucht, aber es stört mich nicht. Ich mag nur den Geruch nicht." Sie war ehrlich.

Es störte sie nicht. Damit konnte er leben.

„Warum wolltest du mich eigentlich schon wieder hier treffen? Wir hätten doch auch einen anderen Treffpunkt vereinbaren können."

„Du hättest sagen können, wenn dir der Treffpunkt nicht passt. Ich wollte dich dieses Mal kommen sehen. Deshalb habe ich mich für denselben Ort entschieden."

Sie verstand nicht, was er meinte. Er sagte es, als ob es vollkommen logisch wäre. Für sie war es komisch. Als ob er etwas Vergangenes wiederbeleben wollte, aus der Zeit zurückholen wollte. Aber er hatte Recht. Sie hätte natürlich widersprechen können. Sie sagten nicht viel, wie sie sich da auf dem Platz gegenüberstanden. Es war nicht nötig. Das Nichtgesagte, das man nicht sagen konnte, weil es keiner Worte bedurfte, weil es unfassbar da war, oder eben nicht, sprach zwischen ihnen.

„Es ist schön dich wieder zu sehen, Mara."

Das Herbstgold in seinen Augen leuchtete. Sie lächelte. Er nicht. Aber sie spürte, dass er es lächelnd sagte, auch wenn er dabei nicht lächelte.

Unter der Oberfläche

Im Grunde genommen war es unerheblich, was man sich erzählte. Auf die Worte kam es nicht an. Sie hatten viele Worte getauscht. Smalltalk. Was machte sie, was machte er, was machten sie beide gerne, was nicht so gerne. Sie hatten an der Oberfläche gekratzt, und noch ein bisschen tiefer gekratzt, als sie sich wiedersahen. Sie hatten vorsichtig gekratzt, aber nicht gegraben. Sie waren nicht unter die Oberfläche getaucht. Wer war Mara? Wer war Mark? Was berührte beide im Innersten?

Mara hasste die Oberflächlichkeit. Sie hätte es aber nie gewagt, Mark gleich zu Beginn von ihren Gedanken zu erzählen, die sie hin und wieder überfielen, mit ihm in die Tiefe zu tauchen und ihm zu zeigen, wer sie wirklich war. Sie hätte ihm nie gleich zu Beginn von den leuchtenden Farben der Wüste bei Regen erzählt oder von der roten Kaffeemaschine und ihrer Angst, zu klein zu sein, um das große Geheimnis der Liebe voll erfassen zu können. Dabei wollte sie es so gerne, voll und ganz lieben können.

Mark liebte die Stille der Dunkelheit, wenn er unbeobachtet seine Gedanken schweifen lassen konnte. Er hätte Mara nie gleich zu Beginn verraten, dass ihn Licht manchmal ängstigte, weil die vielen Farben ihn zu verschlucken drohten. Er hätte nie zugegeben, dass ihr Leuchten ihn genau deshalb faszinierte, weil es auf konträre Weise sein Nicht-Lächeln so sehr berührte.

Hätte es denn einen Unterschied gemacht, wenn sie sich von Anfang an gegenseitig ohne Masken gezeigt hätten? Das, was sie sich nicht gezeigt hatten, das, was die Masken verdeckten, hatte sie einander angezogen wie Magnete. Sie hatten gespürt, dass da unter der Oberfläche etwas lag, das sie erst Schritt für Schritt freikratzen mussten wie bei einem Rubbellos. Hätten sie von Beginn an gewusst, wer der andere wirklich war, hätten sie sich getroffen, einander zugenickt und entschieden, dass sich ein Weitermachen nicht lohnte. Sie waren zu verschieden. Es passte nicht. Doch der Reiz des Unbekannten hatte sie dazu veranlasst, in die Gründe und Abgründe des anderen eintauchen zu wollen, dorthin, wo eine echte Begegnung mit dem anderen stattfinden konnte, ein echtes Erkennen trotz Unterschiedlichkeiten.

Es war unerheblich, was man sich bei den ersten Begegnungen erzählte. Die Anziehung ging von dem aus, was man sich nicht erzählte, aber spürbar unter der Oberfläche lag und verheißungsvoll genug erschien, um sich darauf einzulassen. Beide hatten es gespürt. Zwischen den Worten, dem Ungesagten. Die zweite Begegnung hatte ausgereicht.

Sie war jetzt in einem Alter, in dem viele, die sie noch von früher kannte, heirateten, Kinder bekamen, als Familie Zukunft planten. Sie fragte sich manchmal, wo sie den ultimativen Wegweiser verpasst hatte, auf dem stand: Zukunft – hier geht's lang! Sie hatte bisweilen das Gefühl, auf der Stelle zu treten und nicht wirklich vorwärtszukommen. Vielleicht hatte sie den Wegweiser aber auch gar nicht verpasst, vielleicht hatte sie ihn absichtlich ignoriert, weil sie das Vergangene noch nicht loslassen konnte, es aber auch nicht in die Zukunft hinein mitnehmen wollte, wo Mann, Kinder, Familie, neue Abenteuer auf sie warteten. Sie wollte sich nicht mit einem superschweren Rucksack voll Vergangenheit auf dem Rücken auf den Weg in die Zukunft machen.

Sie blieb optimistisch. Ob ignoriert oder verpasst, bestimmt gab es noch mehr Wegweiser! Taten sich die Wegweiser nicht Schritt für Schritt vor ihr auf? War nicht jede Entscheidung, die sie treffen musste, mit einem neuen Wegweiser verbunden? Und wenn sie sich für einen neuen Weg entschied, war da nicht immer die Gewissheit, dass sie auch auf diesem unbekannten Weg nicht verloren war? Sie ging nicht alleine, nirgendwo. Gott ging immer mit.

Zum ersten Mal in ihrem Leben hatte sie wirklich das Gefühl, dass sie gerade dabei war, diesen Schritt ins Unbekannte zu wagen, begleitet von der Zuversicht, dass sie diesen Schritt ins Unbekannte tatsächlich wagen konnte.

Bei ihrem zweiten Treffen waren sie nicht in ein Café gegangen, sondern hatten sich in eine nahgelegene, kleine Szene-Bar zurückgezogen, die voller hipper Menschen war, die fancy Cocktails tranken und sich dabei gediegen philosophisch unterhielten. Sie hatten sich in eine Ecknische verkrochen. Vor ihnen auf dem Tisch standen zwei Flaschen Bier. Irgendwie passten sie beide nicht recht hierher, obwohl sein Klamottenstil ein Chamäleon aus ihm machte. Sie musste grinsen.

„Was ist?"

„Ich habe mir nur gerade vorgestellt, dass wir zwei Außerirdische auf einem fremden Planeten sind."

„Du fühlst dich hier nicht wohl."

Es war eine Feststellung. Ebenso trocken sagte er: „Ich mag es hier. Wenn ich mich hier umschaue, fühle ich mich auf einmal so geerdet. Nicht wir sind die Außerirdischen."

Jetzt musste Mara lachen. Sein Humor war manchmal schwer zu durchschauen. Mark stimmte mit ein.

Es war befreiend, hier neben ihr zu sitzen und sich so normal zu fühlen, so lebendig im Hier und Jetzt. War es das, was er vermisst hatte? Warum war es bei den anderen nicht so gewesen? Mit manchen hatte er auch gelacht, getrunken, gescherzt, gespielt. Er hatte mit ihnen gespielt. Dann vielleicht mit ihnen geschlafen und geglaubt, sich lebendig zu fühlen. Aber er hatte nur gespielt. Es war nicht echt und nicht von Dauer. Sie wussten das, und wollten auch nicht mehr als dieses eine Spiel. Mit Mara aber wollte er nicht spielen. Mit ihr wollte er echt sein.

Den ganzen Abend über hatte sie deutlich die Anziehung zwischen ihnen gespürt. Sie waren sich nähergekommen, nicht körperlich, aber unter der Oberfläche. Sie konnte Mark nicht einschätzen und hatte sich nicht getraut, zu fragen, wie es mit seinen anderen Dates gewesen war. Dass er welche gehabt hatte, hatte er ihr erzählt. Einige sogar. Sie hatte ihm auch gesagt, dass er nicht sein erstes Onlinedate war. Aber im Gegensatz zu ihr, glaubte sie, hatte er bestimmt nicht jedes Treffen mit einem *auf Wiedersehen oder nicht* ausklingen lassen. Sie konnte sich vorstellen, dass seine etwas unnahbare Art, seine smarte Coolness auf viele Menschen, nicht nur auf Frauen, magnetisch wirkte und, dass er das durchaus wusste. Wenn er sie doch interessant genug gefunden hatte, um sich mit ihr treffen zu wollen, warum war es mit ihr dann nicht so gelaufen wie mit den anderen? Nicht, dass sie es zugelassen hätte, aber doch fragte sie sich, was ihn dazu veranlasste, mit ihr anders umzugehen. Da erst wurde ihr bewusst, dass sie ihn gerne geküsst hätte. Sie hätte zu gerne gewusst, ob die Augen, die nie lächelten, ein Kuss zum Lächeln bringen konnte. Unter der Oberfläche.

In irgendeiner Bar

Lucy, die eigentlich Luise hieß, aber nicht so genannt werden wollte, war eine der wenigen Freunde, die Mara im Laufe der Zeit geblieben waren. Auf dem Weg zu ihr, sah Mara die ersten Lichter und Leuchtketten, die Balkone und Fenster schmückten. Ob die Menschen versuchten, die früh einbrechende Dunkelheit oder doch die inneren Dämonen zu vertreiben? Es war noch ein wenig hin bis Advent und Weihnachten. Lichterzeit. Ihre Gedanken konnten gerade ein wenig Licht vertragen.

Lucy war bereits voll im Weihnachtsfieber, hatte schon einen Baum gekauft, und war gerade dabei, Deko anzubringen. Mara half ihr dabei.

„Du weißt aber schon, dass es bis Weihnachten noch ein wenig hin ist?"

„Erzähl mir lieber was mit deinem Date los ist. Läuft da jetzt was mit diesem Mark? Ihr habt euch doch neulich noch mal getroffen?"

Lucy trug ein dunkelgrünes, knielanges Baumwollkleid, das ihre Rundungen betonte. Sie hatte die rot-blonden Locken zu einem lockeren Zopf geflochten, ein paar Strähnen hingen lose herunter. Lucy hatte noch nie Probleme gehabt, jemanden zu finden, mit dem sie ausgehen konnte. Wenn sie nicht gerade vergeben war, hatte sie genug potenzielle Kandidaten in der Hinterhand. Manchmal bewunderte Mara diese Art, einfach zu nehmen, was das Leben gab, ohne sich Gedanken zu machen, was als nächstes geschah. Einfach zu leben und zu genießen.

„Ich weiß nicht."

„Was weißt du nicht?"

„Ob da was ist oder nicht. Ich glaube, schon. Aber er ist so undurchschaubar. Wir treffen uns, reden, aber ich weiß nicht, was er will."

„Im besten Fall dich?" Lucy grinste.

„Das ist nicht komisch." Mara fand die Vorstellung, dass jemand sie wollen könnte, gruselig. Etwas wollen war immer mit einer konkreten Absicht verbunden, mit dem Befriedigen irgendwelcher Bedürfnisse. Sie war kein Mittel zum Zweck.

„Mensch, Mara. Perfekt oder perfekt für dich? Ich brauche dir doch nicht zu sagen, dass es den perfekten Mann nicht gibt. Den kannst du ewig suchen. Du musst dich einfach mal einlassen. Und dann siehst du schon, was passiert. Und wenn's der nicht ist, dann der nächste. Muss ja nicht für immer sein."

Das war Lucy. Völlig sorgenlos, was das Thema Männer anging. Mara aber machte sich Sorgen. Sie dachte, dass sie nie den richtigen für sich fand. Und da hatte Lucy nicht ganz Unrecht. Wer sich nicht entscheidet, verpasst am Ende alles. Wenn sie lieben wollte, musste sie eine Entscheidung treffen. Es war die Entscheidung für einen Menschen, dem sie sich schenken wollte. Aber anders als Lucy war ihr diese Entscheidung heilig. Sie wollte sich nicht entscheiden, um dann herauszufinden, dass sie sich falsch entschieden hatte. Sie wollte sich nur einmal verschenken. Denn immer, wenn sie sich verschenkte, ließ sie einen Teil von sich zurück, was, wenn sie so wäre wie Lucy, bedeutete, sie würde irgendwann nur noch aus Splittern bestehen.

„Erde an Mara! Huhu, bist du noch da?"

„Ich will, dass er es ernst meint."

„Denkst du, das tut er nicht? Wenn er dich nur ins Bett hätte kriegen wollen, hätte er das bestimmt schon versucht. Er sieht gut aus. Ein bisschen melancholisch vielleicht, aber bestimmt nicht wie einer, der sich zurückhält. Meine Meinung."

„Vielen Dank dafür. Heißt das jetzt, dass ich nicht gut genug aussehe, und er sich deshalb zurückhält?"

„Als ob du mit jemandem einfach so schlafen würdest! Und du siehst gut aus! Ich kenne eine Menge Typen, die sofort was mit dir anfangen würden."

„Lucy! Ich will gar nicht wissen, was das für Typen sind."

Lucy musste lachen. „Was hältst du davon, wenn wir uns schick machen und ausgehen? Ich hätte auch mal wieder Lust auf ein Date."

Lucy hatte die Qual der Wahl, und obwohl sie noch nie erlebet hatte, dass ihre Freundin länger als vier Monate Single gewesen war, hatte sie doch ihre Prinzipien. Onlinedating kam für Lucy nicht infrage. Sie müsse seine männliche Aura spüren, um zu wissen, ob da was geht oder nicht, sagte sie immer.

Wollte sie ausgehen? Jetzt? Mara stimmte schließlich zu, auch wenn sie wusste, wie der Abend enden würde. Sollte Lucy ein Kerl gefallen, wäre Mara für den Rest des Abends abgemeldet. Aber das war okay. Wie in jeder Beziehung, musste man auch in einer guten Freundschaft Kompromisse eingehen. Weil Lucy sonst immer zur Stelle war, wenn sie sie brauchte, gönnte sie ihr diese kleinen Flirtabenteuer in ihrer Anwesenheit. Im Grunde war es ganz amüsant, Lucy dabei zu beobachten. Sie hatte schon einiges an solchen Abenden gelernt, auch und vor allem über sich selbst.

Sie saßen an der Bar. Lucy bestand meistens darauf, an der Bar zu sitzen, obwohl die Sitzplätze an der Bar Maras Meinung nach die ungemütlichsten waren. Ihre Freundin behauptete, so den besten Überblick zu haben. Mara war klar, dass Lucy eigentlich nur gerne mit den Barkeepern flirtete. Hinter der Bar am Cocktailmixen waren sie leichte Beute für Lucy.

Mara widmete sich ihrem Glas Rotwein und sah sich in der Bar um. Es war gestopft voll. Eine Bar im beliebtesten Ausgehviertel der Stadt an einem Samstagabend. Eigentlich ein kleines Wunder, dass sie so spontan überhaupt noch einen Platz bekommen hatten. Ab und an schaute Mara auf ihr Handy. Mark hatte ihr gesagt, dass er sich wieder melden würde. Sie hatten beim letzten Treffen Nummern getauscht. Ihr Onlineprofil hatte sie gelöscht, weil sie nicht zweigleisig fahren wollte, auch wenn sie nicht sicher war, ob der Mark-Express nicht doch eher ein Bummelzug war, geschweige denn überhaupt fuhr. Warum schrieb sie ihm nicht einfach? Sie hatte das Gefühl, eine unsichtbare Grenze zu überschreiten, wenn sie sich vor ihm meldete. Sie beobachtete Lucy, die gerade mit einem der Barkeeper scherzte, und sich von ihm erklären ließ, woraus die Kunst des Cocktailmixens bestand, dass es geschmacklich einen Unterschied machte, ob man ein Cocktailkünstler war oder nur ein Cocktailshaker. Und dann sah sie ihn. Er saß schräg hinter der Bar ums Eck. Sie hatte nur kurz hingeschaut, aber geglaubt, dass sich ihre Blicke für diesen kurzen

Moment getroffen hatten. Sollte sie aufstehen? Zu ihm hingehen? Was, wenn er ein Date hatte? Wie peinlich wäre ihr Auftritt dann? Mark hatte ihr nichts versprochen. Gar nichts. Sie hatten sich zweimal getroffen, waren sich zweimal begegnet.

Sie schaute wieder zu Lucy. Die war immer noch mit dem Barkeeper beschäftigt und hatte längst keine Augen mehr für Mara und die Welt um sie herum. Wie wahrscheinlich war es, dass er genau zur selben Zeit hier war wie sie, in irgendeiner Bar? Sie glaubte nicht an Schicksal und demzufolge auch nicht daran, dass man sein Schicksal herausfordern konnte. Sie glaubte auch nicht an schicksalhafte Zufälle. Alles hatte einen festen Grund. Auf diesem Grund fußte ihr Glaube. Sie konnte Gott die Hand reichen oder nicht. Sie konnte die Abfahrt nehmen oder auf der Überholspur vorbeirauschen. Gott ging mit. So oder so hatte er einen Plan mit ihr. Was also sollte sie tun? Hatte er sie wirklich gesehen? Sie war sich auf einmal nicht mehr sicher. Wenn sie hier noch länger blieben, würde er sie sicherlich früher oder später entdecken. Sie konnte sich nicht verstecken. Mit Lucy fiel man immer auf, egal wo man war. Warum wollte sie sich verstecken?

Schon wieder drehte sich das Gedankenkarussell. Wäre sie jetzt Lucy, würde sie einfach aufstehen, rüber gehen und Hallo sagen. Was war schon dabei? Aber sie war nicht Lucy. Ihr war es unangenehm, dass sie „zufällig" zur selben Zeit am selben Ort waren, wo es in ihrer gemeinsamen Geschichte bisher keine Zufälle gegeben hatte. Sie stand auf.

Mara. Hier. In dieser Bar. Er hatte sich nach dem Lachen, das wie tausend Glöckchen klang, umgeschaut. Ein helles, klares Lachen, das auch an einem Ort wie diesem mühelos das kakofone Stimmengewirr zu durchschneiden vermochte. Sie saß an der Bar, eine Frau, rot-blond, geschwungene volle Lippen, sexy Kleid, das viel sehen ließ und noch mehr erahnen, heftig am Flirten mit dem Barkeeper, der sich gerne von dieser Femme fatale ablenken ließ. Und dann sah er sie. Sie saß neben der Frau mit dem Glöckchenlachen und schaute zur selben Sekunde in seine Richtung. Es war ein kurzer Moment, dann fragte ihn sein Kumpel, ob er noch etwas trinken wollte, weil die Bedienung gerade in ihre Richtung steuerte. Er verneinte. Drehte sich wieder um. Sie war weg. Er scannte kurz die Bar. Wo war sie hingegangen? Er entschuldigte sich, und stand auf.

Sie konnte nicht bleiben. Es ging einfach nicht. Zu wissen, dass er im selben Raum war wie sie, dass er sie vermutlich gesehen hatte, aber nicht zu wissen, was das bedeutete, verwirrte sie. Lucy hatte sie nur gesagt, dass sie doch schon etwas müde sei und ihr der Wein nicht so gut bekommen war. Sie wusste, dass sie ihre Freundin alleine lassen konnte. Lucy würde nichts tun, das sie nicht wollte. Auch wenn es manchmal den Anschein hatte, als sei ihre Freundin nicht mehr klar im Kopf, hatte sie zu jeder Zeit alles fest im Griff. Lucy schaffte das auch ohne sie. Schaffte sie es ohne Lucy?

„Mara. Hey. Warte."

Die Stimme war schneidend in der Novemberkälte. Sie drehte sich um und mit ihr ein paar andere Passanten, die in ihre Richtung schauten.

„Mark." Sie mimte Überraschung und fand, es gelang ihr ausgezeichnet. „Du hier? Was machst du hier?"

„Du warst doch eben auch in der Bar? Habe ich dich nicht gesehen?"

„Was, du warst auch da?"

Meinte sie es ernst? Er war sich sicher gewesen, dass sich ihre Blicke in der Bar getroffen hatten. Er schaute sie forschend an. Sie kannte diesen Blick schon. In der fahlen Straßenbeleuchtung konnte sie allerdings nicht sehen, wie das Herbstgold in seinen Augen funkelte.

„Ich war mit einer Freundin da. Ich bin müde. Deshalb bin ich gegangen. Lucy kommt auch ohne mich klar."

„Das sexy Kleid mit dem hellen Lachen und der Vorliebe für Barkeeper ist deine Freundin?"

War da Ironie in seiner Stimme? Warum fühlte sie sich plötzlich so unwohl? Er bemerkte, dass sie leicht zurückwich. Hatte er etwas Falsches gesagt?

„Ja, das ist Lucy."

Ihm war also nicht entgangen, was allen Männern bei Lucy nicht entging: wie sexy sie war. Sie standen sich im Zwielicht gegenüber und sahen sich an. Nebel zog auf. Es war feucht und kalt und ungemütlich auf der Straße.

Was sollte sie noch sagen? Was sollte er sagen? Mara dachte an Lucys Worte. Warum fiel es ihr nur so schwer, sich fallen zu lassen, einfach loszulassen? Wovor hatte sie Angst? Mark dachte an Lukas Worte. Warum konnte er sich nicht einfach einlassen, auf etwas, das über Spaß hinausging? Wovor hatte er Angst?

Wo Pläne endeten, begann das Abenteuer. Wer hatte das gesagt? Sie hatte es irgendwo einmal gelesen. Aber es stimmte. Wo man aufhörte, sich Ziele zu setzen, einen konkreten Plan zu verfolgen, wo man einfach vertraute und ging, ohne zu wissen, wohin genau die Reise einen führte, da wartete das Leben.

Also ging sie und machte den Schritt, den sie vorher nicht gewagt hatte zu gehen. Sie stand auf festem Grund. Kein Schicksal, kein Zufall. Diese Begegnung war gewollt und auf diesem Grund traf sie ihre Entscheidung.

„Ich würde dich gerne kennen lernen wollen, Mark. Ich würde gerne wissen wollen, wer du bist."

Es gab Dinge, die man sich nicht sagte, wenn man sich noch nicht wirklich kannte, weil sie zu tief blicken ließen, weil sie den anderen überfordern, treffen und vielleicht verletzen könnten. Jemanden in ihr Herz schauen zu lassen, machte für sie erst Sinn, wenn sie wusste, woran sie war. Andererseits würde es nicht erfahren, wenn sie nicht fragte. Sie wollte wissen, wer er war.

Für einen Moment war er perplex. Er hatte nicht damit gerechnet, dass sie so direkt war. Damit hatte sie einen Schritt gemacht, der eindeutig über die unsichtbare Grenze hinausging, die sie bisher zwischen sich gezogen hatten. Sie hatten angenommen, dass keiner von ihnen sie ohne ein Zeichen des anderen überschreiten würde. Sollte er den nächsten Schritt machen? Bisher hatte es für ihn keine Rolle gespielt, wer sie waren. Ihn hatte es nicht interessiert. Sein Interesse war rein spielerisch gewesen.

Bei Mara war es anders. Er war sich nicht sicher, was er von ihr wollte, was es war, das ihn anzog. Konnte er sie wissen lassen, wer er war? Konnte er sie etwas wissen lassen, das er selbst nicht so genau wusste? Wer war er?

Sie hatte das Gefühl, etwas Falsches gesagt zu haben, aber sie konnte nicht mehr zurück. Wegrennen war auch keine Lösung. Sie war erwachsen. Sie war eine erwachsene und intelligente junge Frau. Selbstbewusst. Sie hatte keine Angst, zurückgewiesen zu werden. Sie hatte nichts zu verlieren. Sie sagte nichts mehr und wartete.

„Komm mit."

Wo du zuhause bist

Sie waren in seine Wohnung gefahren. Sie wusste nicht, was es bedeutete, dass sie jetzt hier war. Sie war mitgegangen, weil es der nächste logische Schritt war, der folgte. Keine Pläne, keine Gedanken, einfach sein, im Hier und Jetzt.

Es war nicht das erste Mal, dass er eine Frau mit in seine Wohnung genommen hatte. Für die meisten Frauen vor Mara bestand sie allerdings nur aus Schlafzimmer und Badezimmer. Mehr hatte er seine flüchtigen Bekanntschaften nie sehen lassen, was auch nie nötig gewesen war. Noch keine hatte verlangt, wissen zu wollen, wer er war. Er beobachtete sie, wie sie im Wohnzimmer stand und sich umsah. Sie drehte sich zu ihm um und lachte. „Ist es das? Zeig mir, wo du wohnst und ich sag dir, wer du bist?"

„Und, wer bin ich?"

Sie lachte wieder. „Schwer zu sagen. Deine Wohnung ist erstaunlich aufgeräumt."

Sie wollte ihm nicht sagen, dass sie es hier kalt fand, ungemütlich. Seine Möbel waren weiß, das Sofa und der kleine Couchtisch schwarz. Keine Bilder an den Wänden. Aktenordner und Bücher in den Regalen. Das meiste davon waren Fachbücher und Sachliteratur zu den unterschiedlichsten Themen. Von Geschichte über Politik bis hin zu Gesellschaftsthemen, Psychologie und Medizin. Der Raum wurde von Bildschirm und Boxen beherrscht. Ein sehr belesener Technokrat, dachte sie. Oder einfach nur ein Mann, der alleine lebte und keine Freundin hatte. Kein überflüssiger Schnickschnack. Die Küche war auch weiß. Ein Tisch, vier Stühle. Ein Kaffeevollautomat. Eine Mikrowelle.

„Ich habe noch Bier im Kühlschrank. Willst du eins?"

„Bier auf Wein, das lass sein." Sie liebte diesen blöden Spruch, streckte aber trotzdem die Hand nach der Flasche aus, die er ihr reichte.

„Hast du nie überlegt, die Wände zu streichen, ein bisschen Farbe reinzubringen?"

„Wozu? Ich mag es so."

„Und was ist mit Fotos, Bildern von deiner Familie, deinen Freunden?"

Seine Familie ging sie nichts an.

„Habe ich was Falsches gesagt?"

Er zuckte mit den Schultern. „Ich mag es einfach so. Schlicht. Kein Gedöns."

Sie musste an ihre eigene Wohnung denken. Voller Farbe. Voller Erinnerungen. Einen krasseren Gegensatz hätte sie sich nicht vorstellen können. Was fand sie nur

so anziehend an ihm? Sie standen sich in der Küche gegenüber. Jeder eine Flasche Bier in der Hand. Sie hätte
ihm noch tausend Fragen stellen können, aber der Moment war nicht zum Reden gemacht. Sie standen einander gegenüber und schwiegen, sagten sich in Gedanken,
was sie nicht laut aussprechen wollten.

Sie hatte sein Wohnzimmer gesehen. Sie kannte ihn jetzt
schon besser als jede andere, die hier in seiner Wohnung
gewesen war. Sie hatte ihm Fragen gestellt. Auf manche
wusste er keine Antwort, manche wollte er ihr nicht be-
antworten.

„Was denkst du, Mara?" Er hatte es laut gesagt, und
damit das Schweigen gebrochen. Seine Frage war wie ein
Knall in die Stille hinein. Fast wäre sie erschrocken.

„Ich werde nicht schlau aus dir. Warum bin ich
hier?" Was taten sie hier?

„Du kannst jederzeit gehen. Meine Tür steht offen."
Er hatte Recht. Sie musste nicht bleiben. Sie war freiwil-
lig hier. Mara war noch nie jemandem begegnet, der sie
so faszinierte und abschreckte zugleich. Jemand, der,
auch wenn er nichts sagte, so viel erzählte, und ihr doch
ein Rätsel blieb. Jemand, der tausend Einmachgläser füllen könnte, und es wäre nicht genug. Er war ihr so ver-
traut und fremd, so nah und fern zugleich. Ein Seelenver-
wandter. Für einen kurzen Moment dachte sie über dieses
Wort nach. Seelenverwandt.

Dann stellte sie ihre Flasche ab, und trat auf ihn zu,
legte ihre Hand auf seine Brust, dorthin, wo sein Herz
ungefähr lag. „Würdest du mich da reinlassen, und mir
zeigen, wo du zuhause bist?"

Schneetreiben

„Und dann? Was habt ihr gemacht?"

„Nichts. Ich habe ausgetrunken und bin gegangen."

„Wie nichts? Und er? Was hat er gesagt? Mensch, jetzt lass dir doch nicht alles aus der Nase ziehen."

Es war Anfang Dezember, eiskalt draußen, und hatte einmal schon leicht geschneit, aber nicht so, dass man wirklich von Schnee reden konnte. Mara schaute aus dem Fenster in den dunkler werdenden Himmel und fragte sich, ob es dieses Jahr vor Weihnachten noch einmal richtig schneien würde. Dann wandte sie sich der ihr gestellten Frage zu und seufzte innerlich.

„Er lächelt nicht. Er spricht nicht über seine Familie. In seiner Wohnung sieht es aus wie in einem Möbelkatalog. Was soll ich da machen?"

„Ich dachte, du findest ihn gut?" Lucy hatte tatsächlich etwas mit einem der Barkeeper angefangen, und war jetzt wieder ganz zufrieden mit ihrem Leben.

„Wie lange warst du dieses Mal Single?" Mara wollte von sich ablenken. Sie hatte keine Lust mit Lucy über ihr Gefühlschaos zu sprechen. Sie hatte das Gefühl, dass die Freundin sie nicht richtig verstand. Manchmal war es, als ob da zwei Welten aufeinanderprallten.

„Wenn du mich fragst, viel zu lange."

„Und wie lange willst du mit deinem, wie heißt er noch gleich, dieses Mal zusammenbleiben?"

„Hey, das ist nicht fair! Hier geht es um deine Beziehungsprobleme und nicht um mein Liebesleben."

Zum Glück konnten sie so miteinander reden, ohne dass die eine auf die andere sauer war. Sie lachten.

Mara mochte die stillen Tage vor Weihnachten, auch wenn sie ihr manchmal viel zu hektisch waren, weil sie das Gefühl hatte, dass alle immer kurz vor knapp die letzten Besorgungen für das Fest erledigten, obwohl sie doch schon ein ganzes Jahr vorher wussten, dass Weihnachten wieder kommen würde. Sie selbst gehörte leider auch zur Kategorie „auf den letzten Drücker". Trotzdem fand sie die Tage heimelig. Draußen war es kalt und still, drinnen wohlig warm und gemütlich. Sie versuchte den Advent so besinnlich wie möglich zu begehen. Heute war sie bei Lucy, um Plätzchen zu backen. Das gemeinsame adventliche Backen war für sie zu einer Art festem Ritual geworden. Dieses Mal hatten sie sich vier Sorten vorgenommen. Es würde wie jedes Jahr eine Backorgie werden, und Mara war froh, dass dieses Mal Lucys Küche herhalten musste. Sie betrachtete den Christbaum, den Lucy ins Wohnzimmer gestellt hatte, und der so voller Kugeln und Krimskrams hing, dass man gar kein Grün mehr sah. Sie selbst würde ihren Baum erst kurz vor Weihnachten schmücken, so wie sie es schon in Kindertagen zusammen mit ihren Eltern getan hatte.

Ihre Eltern. Es war nicht immer leicht gewesen. Wenn sie Weihnachten und ihre Eltern heute liebte, wusste sie auch, dass es Jahre gegeben hatte, in denen beides anders gewesen war. Bei diesem Gedanken musste sie unwillkürlich an Mark denken. An seine Wohnung. Daran, dass er offenbar nicht mit ihr über seine Familie hatte sprechen wollen. Andererseits, war es dafür nicht auch noch zu früh? Sie kannten sich noch gar nicht richtig. Erzählte sie denn Lucy immer alles? Und die war ihre beste Freundin.

Sie betrachtete Lucy, wie sie in Küchenschürze über eine Schüssel gebeugt dastand und sich abmühte den Teig zu kneten, der immer wieder zwischen ihren Fingern kleben blieb, sodass von der teigigen Masse am Ende mehr in Lucys Magen als zurück in die Schüssel wanderte. Mara musste lachen.

„Wenn du den ganzen Teig roh isst, dann ist am Ende nichts mehr zum Backen übrig."

„Wie soll ich denn das klebrige Zeug sonst von meinen Fingern kriegen? Schau dir meine Hände an. Außerdem schmeckt der Teig nicht übel. Sollte genug übrigbleiben, werden die Plätzchen sicherlich lecker." Lucy schnippte ein wenig Teig in Maras Richtung.

„Wie ist das nun mit deinem Onlinedate? Ich stelle mir das eigentlich ganz easy vor. Du hast die Wahl, triffst dich mit deinem Auserwählten, man quatscht ein bisschen nett und dann landet man in der Kiste oder geht wieder seiner eigenen Wege, wenn's nicht passt. Läuft das nicht eigentlich so locker? Bei dir klingt es irgendwie kompliziert. Ich habe mir Onlinedating entspannter vorgestellt."

Mara sah ihre Freundin an und wusste nicht, was sie von dem Gesagten halten sollte. Sicherlich wollte Lucy sich nicht über sie lustig machen. Mara machte trotzdem innerlich ein wenig zu. Sie fühlte sich in die Enge gedrängt.

Warum musste immer alles schnell gehen, unkompliziert, ohne Verpflichtungen, locker, easy, entspannt sein? Man mag jemanden, weil. Man liebt jemanden, obwohl.

Dieses Obwohl wurde einem nicht schon beim ersten Treffen auf dem Silbertablett serviert. Auch nicht beim zweiten. Nicht einmal unbedingt beim dritten. Dieses Obwohl wuchs mit der Zeit, die man gemeinsam verbrachte. Auf dieses Obwohl kam es Mara an, nicht auf die Verliebtheit, die Anziehung, die Attraktivität, die für den biochemischen Teil der Liebe verantwortlich waren, für den Teil, den sie nicht willentlich steuern konnte.

Was sie suchte, war der Teil der Liebe, den sie steuern konnte, das *Ich will, dass du bist*, die bewusste Entscheidung für jemanden, trotz Ecken und Kanten. Und diesen Teil fand sie nicht, wenn sie einfach nur mit jemandem in der Kiste landete, und sich einbildete, darauf so etwas wie eine Beziehung aufbauen zu können. Vielleicht tickte sie da anders als Lucy, und vermutlich anders als die meisten.

„Ich bin eben nicht auf der Suche nach was Lockerem", sagte sie nur und erntete dafür ein spöttisches Grinsen.

„Stimmt, ich vergaß: Du suchst online nach der großen Liebe. Naja, wer weiß, vielleicht hast du sie ja tatsächlich gefunden."

Liebe – tatsächlich?

Tatsächlich? Sie hatte doch noch gar keine Entscheidung getroffen. Das konnte sie nicht. Noch nicht. Sie wünschte sich das Schneetreiben lieber vor der Tür als in ihrem Kopf.

In Lucys Wohnung roch es nach frisch gebackenen Plätzchen, nach Zimt und Anis und einem Hauch von

Nelken vermischt mit Orangenaroma. Mara spürte eine wohlige Wärme in ihrem Körper und war sich nicht sicher, ob es noch die Hitze des Backofens war, die in ihr nachstrahlte oder der Glühwein, den sie sich zur Feier des Tages warm gemacht hatten. Das Backen war schön, aber auch anstrengend gewesen. Der Plätzchenduft in Lucys Wohnung würde die Erinnerung daran eine Weile konservieren, bis er verflogen war. Was blieb, waren die fertigen Plätzchen. Vier Sorten lagen auf einem großen Teller zum Verzehr bereit. Der Rest war sorgfältig in Dosen verpackt, für später.

„Die reichen auf alle Fälle bis Weihnachten."

Lucy prostete Mara zu und lehnte sich zufrieden, aber erschöpft in die Sofakissen zurück. „Mann, bin ich erledigt! Ich glaub, ich könnte jetzt eine Mütze Schlaf vertragen, aber vorher eine Dusche. Ich rieche nach einer ganzen Weihnachtsbäckerei."

Die Lichterketten am Fenster und an Lucys Weihnachtsbaum strahlten um die Wette und tauchten das Wohnzimmer in ein angenehmes Licht. Die erste Kerze am Adventskranz brannte bereits. Mara lächelte und beobachtete die Flamme.

Die Adventszeit. Zeit des Erwartens und des Wartens auf Weihnachten, das Fest der Liebe. Mara verstand nicht, warum manche Menschen so leichtfertig von der Liebe sprachen. Sie blickte auf Lucy, die neben ihr weggedöst war. Seit sie sich an der Uni in der Einführungsveranstaltung für die Erstsemester kennen gelernt hatten, war Lucy schon mit etlichen Typen zusammen gewesen, manchmal nur für ein paar Nächte. Aber wie oft hatte sie im Vorfeld behauptet, das sei die große Liebe, nur um dann ein halbes Jahr später wieder als Single aufzuwachen. Lucys ganzes Wesen war sprunghaft. Sie ließ sich nicht festnageln, tat, wonach ihr gerade war und ließ bleiben, wozu sie keine Lust hatte. Vielleicht konnte sie deshalb so leichtfertig von der großen Liebe sprechen und „Ich liebe dich" sagen, weil die Liebe für sie nur etwas Sprunghaftes war, nichts Absolutes, sondern relativ, je nach Lust und Laune auch ein Spiel, bei dem sie nichts zu verlieren hatte. Lucy verband mit der Liebe kein „für Immer", kein „in Ewigkeit". Für Sie war die Liebe flüchtig, diffus, vielleicht nur ein Gefühl, flatterhaft wie ein Schmetterling, mal hier, mal dort. Für Mara aber konnte es nicht hundert Männer geben, zu denen sie „Ich liebe dich" sagte. Für sie war Liebe ein besonderes Geschenk. Absolut, bedingungslos, selbstlos, ganz auf den anderen ausgerichtet. Ob sie Mark liebte? Das würde sich zeigen.

Wenn sie ihn sah, war da vielleicht etwas wie Verliebtheit. Doch wie oft war dieses Gefühl bloße Schwärmerei? Einmal war sie richtig verliebt gewesen, hatte aber einen Rückzieher gemacht, ehe es ernst werden konnte. Seitdem hatte sie Angst. Angst davor, zur richtigen Zeit Nein zu sagen und zur falschen Zeit Ja. Angst, die Liebe zu verpassen, wenn sie ihr begegnete.

Und jetzt war da Mark. Ihre Chance, es wieder gut zu machen. Ihre Chance, die Angst zu besiegen und der Liebe Raum zu geben. Lucy hatte sie manchmal damit aufgezogen, dass sie es traurig fand, wenn Mara von der Liebe sprach. Ihre rationale Vorstellung von der Liebe verderbe jedem anderen die Lust darauf. Mara wusste, dass viele von der Liebe so dachten wie Lucy. Für Mara hatte Liebe aber nichts mit roten Rosen und Schmetterlingen im Bauch zu tun. Echte Liebe war im Gegenteil oft alles andere als romantisch. Manchmal schmerzte sie, manchmal erduldete sie, manchmal ertrug sie. Und genau das machte sie zu dem starken Band, das sie war. Sie war wie ein Anker, der Halt bot, gerade in stürmischen Zeiten. Da bewährte sich die Entscheidung, die man getroffen hatte, und nicht das romantische Gefühl, das irgendwann vielleicht einmal da gewesen, im Laufe der Zeit aber verflogen war.

Lucy regte sich. „Bin ich eingeschlafen?"

Sie wirkte etwas zerstreut, und war auf einmal hellwach. „Scheiße, wie spät ist es? Wie lange war ich weg? Oh Mist! Mein Date!"

„Du hast noch ein Date? Mit dem Barkeeper?"

„Ja. Ich muss duschen und mich fertig machen." Sie fing an ihre Sachen herzurichten.

„Sag mal, wärst du vielleicht so lieb und würdest die Küche ein bisschen in Ordnung bringen, solange ich im Bad bin?" Lucy setzte ihr unschuldigstes Engelslächeln auf. „Bitte! Ich weiß noch nicht, ob ich heute wieder nachhause komme und dann steht das dreckige Zeug da ewig rum und gammelt vor sich hin."

Das war natürlich übertrieben. Und wenn Lucy nicht Lucy wäre und Mara nicht ihre beste Freundin, dann hätte sie ihr jetzt gesagt, sie könne sie mal kreuzweise. So aber war es ein Freundschaftsdienst, den Mara ihrer Freundin gerne erwies, auch im Gegenzug dafür, dass Lucys Küche den Wahnsinn der vergangenen Stunden hatte mitmachen müssen. Lucy verschwand ins Badezimmer und rief ihr hinter verschlossener Tür noch zu: „Er heißt übrigens Max. Und weißt du, was ich glaube? Dieses Mal ist es echt was richtig Ernstes."

Mara begann in der Küche zu hantieren. Als sie aus dem Fenster schaute, sah sie, dass es angefangen hatte, zu schneien. Es schneite dicke, weiße, wattebauschartige Flocken. Als würde Frau Holle alle ihre Federkissen auf einmal ausschütteln.

Alleinsein

Er war allein. Es war dunkel. Wo war die Hand, die ihn hielt? Er hatte das Gefühl zu fallen und zu fallen und zu fallen. Er fiel ins Bodenlose, ins Nichts. Da war nichts. Kein Boden, auf dem er zerschellen könnte in die tausend und abertausend Splitter, aus denen er bestand. Er schrie sich seine Eingeweide aus dem Leib. Es war ein stummer Schrei der Angst, des Entsetzens, der Hilflosigkeit, weil es doch nichts gab, das ihn hielt.

Er war schweißgebadet, als er aufwachte. Er hatte nur eine halbe Stunde die Augen zumachen wollen, und jetzt war es schon dunkel draußen. Es schneite. Es war das erste Mal in diesem Jahr, dass es richtig schneite. Er hasste Weihnachten, diese Zeit, den Winter, den Schnee. Er hasste die Straßen voller Lichter und Lachen und Lebendigkeit. Menschen, die gegen die Kälte miteinander Glühwein tranken, gebrannte Mandeln und heiße Maroni aßen, weil es sich in dieser Zeit so gehörte, die sich in die Geschäfte drängten, um sinnlose Besorgungen zu erledigen für ein Fest, von dem sie taten, als sei es etwas Besonderes, etwas Einmaliges, für das man besonders einmalig vorbereitet sein musste, obwohl es sich in Wirklichkeit doch jedes Jahr wiederholte.

Doch dieses Jahr war etwas anders. Er spürte es. Es war Mara. Mara, deren Namen er nicht vergessen hatte, die in seinem Kopf war, die hier bei ihm daheim gewesen war. Mara. Und jetzt?

Ein Klingeln riss ihn aus seinen Gedanken. Er brauchte einige Sekunden, bis er kapierte, dass es seine Haustürklingel war. Erwartete er jemanden? Er hasste unangemeldeten Besuch. Er wollte schon zur Tür gehen, um nachzusehen, wer störte, bog aber, als er einen Blick von sich im Spiegel erhaschte, noch einmal ins Badezimmer ab. Er sah aus wie ein Penner. Seine Haare standen kreuz und quer vom Kopf ab. Sein Unterhemd war verschwitzt und roch etwas streng. Er tat, was er konnte, um mit wenigen Handgriffen wieder einen zivilisierten Menschen aus sich zu machen. Haare kämmen, Deo und Parfüm auflegen, Unterhemd wechseln, einen Schwung kaltes Wasser ins Gesicht. Nach einem weiteren prüfenden Blick in den Spiegel war er zufrieden. Zivilisiert genug, um an die Tür zu gehen. Das Klingeln hatte kurz ausgesetzt. Dann begann sein Handy, zu vibrieren. Noch ehe er entscheiden konnte, ob er an die Tür oder ans Telefon ging, klopfte es. Mark öffnete.

„Hey, Mark! Mensch, was ist los? Du siehst aus, als hättest du ein Gespenst gesehen!"

Lukas stand lachend vor ihm und schaute hilflos drein. Im Schlepptau Steffi, die, nicht weniger verlegen, etwas unsicher lächelte.

„Wie seid ihr raufgekommen?" Mark konnte seine Überraschung nicht verbergen. Was wollten Lukas und Steffi hier?

„Ein Nachbar kam runter, da sind wir rein. Hast du unser Klingeln nicht gehört? Dein Handy?"

„Nein. Ich war in der Küche. Hi, Steffi!"

„Hi, Mark."

„Kommt doch rein." Mark trat beiseite und ließ die beiden in den Flur. Er holte sein Handy und sah, dass er mehrere Anrufe in Abwesenheit hatte.

„Alles klar bei dir? Du wirkst ein bisschen neben der Spur." Lukas war hinter Mark getreten und hatte die Stimme gesenkt.

„Ihr habt mich nur ein bisschen überrumpelt. Was macht ihr hier?"

„Hast du die Party vergessen? Die Party bei Andi. Wir wollten dich abholen." Jetzt dämmerte es Mark. Die Party! Heute war der Geburtstag von Andi, einem Arbeitskollegen und Freund, zu dem sie eingeladen waren.

Lukas hatte die Veränderung in Marks Gesichtsausdruck bemerkt. Er schaute seinen Kumpel mitfühlend an. „Hey, kein Problem. Du machst dich in Ruhe fertig, und Steffi und ich machen es uns so lange gemütlich. Wir haben noch genug Zeit. Müssen ja nicht die ersten dort sein. Steffi wollte nur nicht zu spät kommen. Du kennst sie ja." Lukas grinste und gab Mark dann einen leichten Schubs Richtung Badezimmer. „Bis gleich."

Mark machte die Tür hinter sich zu, drehte die Dusche auf, bis das Wasser heiß war, zog sich aus und stellte sich unter die Brause. Er stand da und ließ das heiße Wasser über seinen nackten Körper laufen. Er spürte das

Brennen nicht. Er spürte nichts. Er stand einfach da, ohne sich zu bewegen. Er stand so lange, bis das Zittern aufhörte. Bis das heiße Wasser die Kälte in seinem Inneren vertrieben hatte. Er wusste, was es hieß, allein zu sein. Er kannte das Gefühl der Einsamkeit. Sie war sein ständiger Begleiter. Aber jetzt war er nicht allein. Da draußen warteten seine Freunde auf ihn. Und er würde mit ihnen auf diese Party gehen und der Mark sein, der Spaß hatte, der lustig war, dem manches gleichgültig, aber nicht alles egal war. Er würde der Mark sein, den sie kannten.

Schneematsch spritzte unter ihren Schuhen zur Seite weg. Es hatte geschneit, noch mehr geschneit, und dann wieder getaut und taute noch immer. Der Schnee würde nicht bis Weihnachten liegen bleiben. Also keine weißen Weihnachten dieses Jahr. Eher graue Weihnachten. Mara sog die Luft ein und dachte wieder an die unerträgliche Leichtigkeit des Seins. Auf dem Weg, der sie an kein bestimmtes Ziel führte, dachte sie daran, wie es war, zu sein. Das Sein hatte nichts Schweres an sich. Zu sein war im Grunde genommen leicht. Der Mensch musste sich nicht anstrengen, um zu sein. Er war einfach da, er war Mensch. Warum war das Sein aber manchmal so *unerträglich* leicht? Warum brauchte es die Schwere, um das Sein einigermaßen ertragen zu können?

Für den Mensch, der Gut und Böse in sich vereinte, war eine dauerhafte Leichtigkeit hier auf Erden genauso wenig tragbar, wie permanentes Leiden. Licht warf Schatten. Tag und Nacht wechselten sich ab. Das war der Lauf der Zeit, der Lauf des Menschseins.

Sie musste an Mark denken. War es kompliziert mit ihm oder machte sie es zu kompliziert? War es nicht eigentlich ganz leicht? Warum waren ihre Gedanken in diesem Moment dann so schwer? *Ich will, dass du bist,* weil Liebe auf das Sein des Gegenübers ausgerichtet war. Fast wäre sie in einen Fahrradfahrer gelaufen, der von links um die Kurve kam und ihr den Weg abschnitt. Wo wollte sie überhaupt hin? Sie beschloss, noch eine Runde um den Block zu drehen und dann ihre Eltern anzurufen. Ein Mensch, der alleine war, konnte keine Liebe schenken. Weihnachten war Familiensache. Auch in diesem Jahr. Ob sie schon Ersatz für die rote Kaffeemaschine gefunden hatten?

Familienfest

Sie hatte ihm geschrieben, dass sie über Weihnachten nicht da war. Fast war sie froh über die so gewonnene Distanz. Die Anziehung, die von ihm ausging, und die Intensität, mit der sie wirkte, erstaunten und erschreckten Mara. Sie schaute ihm gerne in die Augen, beobachtete gerne, wie sich seine Stirn leise kräuselte, wenn er nachdachte, wie sich kleine Fältchen in den Mundwinkeln und um die Augen bildeten, wenn er grinste. Sie mochte das Spiel seiner Augenbrauen, wenn er sprach, und wie er dabei mit den Händen gestikulierte. Das alles waren Kleinigkeiten. Doch eben diese Kleinigkeiten machten ihn aus, weil sie einzigartig waren. Bei niemand anderem sonst kräuselte sich die Stirn genauso wie bei ihm, wenn er nachdachte, bildeten sich dieselben Fältchen, wenn er sprach oder lachte, hoben und senkten sich die Augenbrauen im selben Takt, ebenso wie diese Art zu gestikulieren nur ihm eigen war.

Mara schaute aus dem Fenster und betrachtete die Landschaft, die draußen aufgrund der Bewegungsparallaxe je näher desto schneller an ihr vorbeizog. Sie saß im Zug und war auf dem Weg nach Hause, dachte „nach Hause", obwohl es längst nicht mehr ihr Zuhause war. Ihre Eltern wohnten noch dort. Ansonsten hatte sie kaum noch Verbindungen zu ihrer alten Heimat. Noch entfernter schien sie ihr in diesem Moment, wo sie hier im Zug saß und an Mark dachte.

Familienfeste waren jedes Mal eine emotionale Gratwanderung. War sie früher noch erwartungsvoll angeschaut worden, ob sie denn in diesem Jahr wohl jemanden zum Fest mitbrachte, gingen die erwartungsfrohen Blicke mit den Jahren allmählich in mitleidige über, die voller Enttäuschung über das Ausbleiben der frohen Botschaft waren, bis hin zu gleichgültigen Blicken. Die Gleichgültigkeit, mit der sie inzwischen abgestraft wurde, war ihr am verhasstesten. Hoffnungen zunichtemachen zu müssen, daran hatte sie sich inzwischen gewöhnt, ebenso daran, Mitleid geflissentlich zu ignorieren, weil an ihrem Solozustand nichts Bemitleidenswertes war, wie sie fand. Es gab schlimmere Zustände im Leben. Mit Gleichgültigkeit jedoch kam sie nicht klar. Gleichgültigkeit war für sie mehr noch als Hoffnungslosigkeit pure Resignation. Man hatte sich abgefunden, hatte aufgegeben, zu hoffen. Hatte sie sich im Spiegel der anderen selbst aufgegeben?

Irgendwann vor Weihnachten war sie shoppen gewesen. Ein Junge stand vor ihr an der Kasse, vielleicht zehn Jahre alt. Er stand für seine Mutter an, die ihm das Geld zum Bezahlen gegeben hatte, war voller Stolz, dass er seiner Mutter damit eine Freude machte. Da drehte er sich plötzlich zu ihr um und wollte wissen, ob sie Kinder hätte. Einen Mann? Mara waren die Fragen peinlich. Sie wusste nicht, warum. Der Junge war ein Kind, das einfach aus kindlicher Neugier heraus, unbedarft wie Kinder eben sind, ohne Hintergedanken Fragen stellte. Schließlich verneinte sie. Der Junge war enttäuscht, fast entrüstet.

„Keinen Mann, keine Kinder?!" Nein.

„Auch keinen Mann?" Nein.

„Das ist schade. Kinder machen Spaß!" Er grinste und drehte sich wieder um. So voller Überzeugung hatte er das gesagt, als ob nichts selbstverständlicher war als diese Tatsache. Kinder machen Spaß.

Mara konnte nicht mehr sagen, was sie auf diesen kurzen Dialog hin empfunden hatte. Traurigkeit? Resignation? Wehmut? Wehmut. Sehnsucht. Ein wehmütiges Sehnen nach etwas, das sie nicht hatte, von dem aber selbst dieser Junge, der noch ein Kind war, überzeugt zu sein schien, dass es genau das war, was Menschen brauchten: Beziehungen. Liebe. Zusammensein. Eine Familie.

Sie hatte eine Familie, aber keine eigene. Sie hatte keine Kinder, keinen Mann. Hatte sie innerlich aufgegeben? Nein. Sonst hätte sie nach der Begegnung mit Mark anders empfunden, sich nicht danach gesehnt, ihn wieder zu sehen.

Sie saß am Tisch und beobachtete ihre Familie, während sie einen Schluck Kaffee trank, der aus der neuen Kaffeemaschine stammte, die seit Heiligabend die alte Filtermaschine ersetzte. Mara hatte nicht schlecht über das Geschenk ihrer Schwester Rahel gestaunt. Echt jetzt? Eine für Pads? Wurden die denn überhaupt noch verkauft in Zeiten von zunehmender Sensibilität für Umweltschutz und Nachhaltigkeit? Rahel hatte ihr versichert, dass die Maschine der Wunsch ihrer Eltern gewesen war, und nicht auf ihrem Mist gewachsen. Vielleicht war das endlich der elterliche Aufbruch in das postmoderne Zeitalter? Endlich angekommen in der Gegenwart und nicht mehr von gestern, wobei sie glaubte, dass Kaffeepads und –kapseln heute auch schon wieder out waren, der klassische Espressokocher im Trend. Einfach, schlicht, ohne Gedöns. Marks Worte, als sie ihn auf seine Wohnungseinrichtung angesprochen hatte. Auch hier war ihre Meinung nicht gefragt. Was auch immer der Grund für diesen Wandel war, da stand sie jetzt auf dem Platz der alten, die neue Kaffeemaschine ihrer Eltern.

Sie trank noch einen Schluck und fand, dass der Kaffee gar nicht so schlecht schmeckte. Sie schaute zu Rahel. Ihre Blicke trafen sich. Mara prostete ihr mit der Kaffeetasse über den Tisch hinweg zu. Rahel war abgesehen von Lucy die einzige, der sie von Mark erzählt hatte. Sie und ihre Schwester saßen in einem Boot. Sie hatten sich schon immer gegenseitig anvertraut, was sie bewegte. Rahel war verheiratet und hatte zwei kleine Kinder, mit denen sie manchmal heillos überfordert war. Von ihr brauchte sie keine mitleidigen Blicke zu fürchten. Mara wusste, dass Rahel, die ihren Mann und ihre Kinder über alles liebte, sich doch insgeheim ein anderes Leben erträumt hatte als das einer Hausfrau und Mutter. Sie war noch während des Studiums schwanger geworden. Aber hey! Kinder machen Spaß! Mara konnte sich jedenfalls nicht vorstellen als alte Jungfer zu enden, wenn sie ihren Neffen beim Spielen und Toben zusah.

Draußen hatte es zu schneien begonnen. Kleine, weiße Flocken fielen vom Himmel. Schnee an Weihnachten. Kaum berührten die Flocken die Gehwege und Straßen, schmolzen sie schon wieder weg und verwandelten sich unter den Tritten der dahineilenden Passanten in grauen Schneematsch. Von den weißen Flöckchen blieb am Ende nur schmutzige Asphaltsuppe übrig.

Auch in der Wüste hatte sie keinen weißen Wüstensand gesehen, fiel ihr ein. Der Sand, den sie gesehen hatte, war grau gewesen wie der Schnee, nicht so dunkel, heller. Hellgrau. Hellgrau bis beige. Irgendwas dazwischen. Aber nicht weiß. Und irgendwo da draußen im grauen Schneegestöber war Mark. Wie es ihm wohl ging? Er hatte ihr schöne Feiertage gewünscht, aber nicht geschrieben, wie und wo er Weihnachten verbrachte.

Er betrachtete sie, analytisch, kalt, emotionslos, als wäre sie ein Fremdkörper an ihm, der nicht zu ihm gehörte und doch da war.

Die Narbe erinnerte ihn an den Schmerz und daran, wozu der Schmerz ihn trieb. Doch es war nicht der Schmerz, der ihn trieb, eigentlich war er es selbst, der sich antrieb, weil er den Schmerz auslöschen wollte, der ihm sagte, dass etwas nicht in Ordnung war.

Es waren diese Weihnachtstage, wo allerorts so getan wurde, als sei die Welt heil und voller Liebe und Freude und Glück. Er hasste sie. Ein schönes Schmierentheater, das da betrieben wurde. Für viele war es am Ende dann doch nur ein Konsumfest der Liebe verpackt in materielle Güter, je größer, je teurer, desto lächerlicher, weil selbst das teuerste und größte Geschenk nicht verschleiern konnte, dass man echte Liebe nicht kaufen und in Form materieller Güter weiterschenken konnte. Wo war die Welt schon wirklich in Ordnung, wenn man sich nichts vormachen wollte?

Er wusste, dass der Schmerz wieder kommen würde. Aber für eine Weile würde er vergessen können. Die Narbe pochte. Sie forderte ihr Dasein ein, hartnäckig wie ein ungeliebtes Kind, das auf sich aufmerksam machte, gerade weil es niemand beachten wollte. Der Schmerz, sein ungeliebtes Kind. Es war nur der physische Schmerz, der blieb. Diese Narbe war nur der Ausdruck des inneren Schmerzes, des seelischen, psychischen, des eigentlichen Schmerzes, der in eine Narbe gebannt war, die sich meldete wenn es draußen kalt war.

Er strich vorsichtig darüber, gedankenverloren. Was hatte Mara über den Sand gesagt? In einer ihrer letzten Gespräche hatte sie von der Wüste erzählt. Sie war dort gewesen. In der Wüste Jordaniens im Wadi Rum, hatte das Wüstental durchquert. Sie hatte die Wüste mit einem inneren Zustand verglichen und dabei auch von der Schönheit der Farben gesprochen.

Wer durch die Wüste geht, dem öffnet sich der Blick. Manchmal braucht es diese Wüstenzeiten, um wieder neu sehen zu können.

Wenn er an die Wüste dachte, hatte er das Bild einer endlos scheinenden Sanddünenlandschaft im Kopf, weißgelbe Hügel an weißgelbe Hügel gereiht bis zum Horizont und weiter, ein nicht enden wollender Wellenteppich aus Sand. Er hatte noch ihr Lachen im Kopf, dieses helle, echte Lachen, das nichts Verstelltes hatte, in dem keine falschen Zugeständnisse mitschwangen, nur um zu gefallen. Es war einfach echt gewesen und schön. Sie hatte gelacht über seine Vorstellung von der Wüste, die sicherlich nicht falsch sei, aber nicht auf die Wüste zutraf, wo sie gewesen war. Dort gab es keine einfarbigen, schier endlos aneinandergereihten Sandhügel, kein gelbweißes Sandmeer. Dort gab es Farben. Viele Farben.

„An einigen Stellen hatte der Sand etwas Liebliches, Zartes, Pastellfarbenes", hatte sie gesagt, daran konnte er sich jetzt erinnern. „Dort, wo das Licht in bestimmter Weise durch den wolkenverhangenen Himmel fiel, war der Sand vielleicht etwas heller als Rosa. Rosé vielleicht. Kannst du dir das vorstellen?" Es war ihm zwar schwergefallen, aber er hatte es versucht. In seinem Kopf war ein Bild aufgetaucht. Vielleicht war Sand auch Rosé, in diesen ganz bestimmen Lichtmomenten.

Er schloss die Augen, lauschte auf die Musik in seinem Inneren und konnte Maras Lächeln sehen. Der Schmerz ließ nach.

In the dark night
  You enflame your light
  And you give us hope.
  You save me from sin
  And you guide my soul to eternal life.

Because you are peace,
Because you are freedom,
Because you are love,
I follow you my God.

Im Frühling:
Vielleicht Rosé

Alles neu

Das Schwache an Gott ist stärker als die Menschen. Sie war mit diesem Halbsatz aus der Bibel im Kopf aufgewacht. Der Satz aus dem 1. Brief der Korinther hatte sie fasziniert, weil von Gottes schwacher Seite die Rede war. Auch wenn sie immer noch stärker war als die Menschen, stand da doch, dass Gott auch eine schwache Seite hatte. Wie diese schwache Seite wohl aussah? Unvorstellbar stark!

Sie streckte sich und blinzelte ins Morgenlicht. Es war noch nicht richtig Frühling, die Bäume waren noch kahl, aber die Luft war milder und nicht mehr so schneidend, selbst wenn es noch kalt war.

Bis über die Alpen hatte der Wind vergangene Nacht Saharasand geblasen. Der Himmel war gelb gewesen, bis es dunkel wurde und anfing zu regnen. Als Mara jetzt das Haus verließ, musste sie unwillkürlich lächeln. Die am Straßenrand parkenden Autos waren überzogen von einer schlierigen Gelbschicht. Der Sandregen hatte seine Spuren hinterlassen, auch in den fast getrockneten Pfützen und am Gehsteigrand. Wüstensand hier mitten in der Stadt, dachte sie, und bedauerte nicht ohne ein wenig Schadenfreude den fluchenden SUV-Besitzer, der jetzt erst einmal in die Waschanlage fahren musste, um sein schönes Statussymbol wieder vorzeigbar zu machen. Sie war auf dem Weg zu Mark.

Es war irgendwann in den Weihnachtstagen kurz vor Silvester gewesen. Während Lucy zum Jahreswechsel mit ihrer Cousine und ein paar Freunden spontan nach Abu

Dhabi geflogen war, weil sie sich eine solche Reise leisten konnte und auch leistete, hatte Mara die Wahl gehabt zwischen Sekt und Silvestershow im Öffentlich-Rechtlichen auf der Couch bei ihren Eltern oder einem Abend allein auf ihrer Couch daheim, also keine echte Wahl. Ihre Schwester war mit Sack und Pack zu ihren Schwiegereltern und Freunden ihres Mannes gefahren, um dort ins neue Jahr zu starten.

Die Aussichten könnten besser sein, fand Mara. Andererseits war es nur ein Tag wie jeder andere. Sie würde am nächsten Tag nicht anders aufwachen als am Tag zuvor, sich nicht in eine Schabe verwandelt haben oder in einer Zeitschleife gefangen sein. Das hoffte sie zumindest. Lediglich die Jahreszahl würde sich geändert haben, was man aber auch erst spätestens dann bemerkte, wenn man das erste Mal vergaß, eine Ziffer dazu zu addieren und aus Gewohnheit noch die alte Zahl im Datum schrieb.

Als sie sich schließlich aus Mangel an echten Alternativen gerade für den Abend bei ihren Eltern entschieden hatte, vibrierte ihr Handy. Es war Mark.

Sie schwebte auf rosaroten Wolken. Mark hatte sie gefragt, ob sie mit ihm und ein paar Freunden über Silvester zum Skifahren auf eine Hütte mitkommen wollte.

Zuerst hatte sie sich über die Nachricht gewundert. Sie kam unerwartet, nachdem er sich seit einer ganzen Weile überhaupt nicht mehr gemeldet hatte. Sie zögerte. Sollte sie wirklich mit ihm in den Urlaub fahren? Waren sie zusammen? Waren sie Freunde? Wie standen sie zueinander? Wie stand Mark zu ihr? Marks Einladung löste in ihr tausend Fragen aus. Auf eine solche Einladung war sie nicht gefasst gewesen.

Ein leises „Warum" pochte hinter ihren Schläfen. Warum kam diese Nachricht ausgerechnet jetzt? Warum so plötzlich? Warum überhaupt? Sich diese Fragen zu stellen, brachte sie nicht weiter. Sie hätte Mark fragen müssen. Doch sie hatte Angst, dass er ihr entglitt. Und vielleicht gab es auch keinen tieferen Grund. Er wollte sie einfach dabeihaben.

So oft hatte sie sich gewünscht, an Silvester nicht alleine zu sein. Auch wenn sie kein besonders großer Silvesterfan war, hatte sie sich ausgemalt, wie es wohl wäre, wenn sie auch einmal gemeinsam mit einem Mann, den sie liebte, ins Neue Jahr starten würde. Da wäre jemand an ihrer Seite. Und jetzt war da tatsächlich jemand. Dieses Mal hätte nicht nur Lucy von einer tollen Silvesterparty und noch tolleren Nächten in Abu Dhabi zu erzählen, sondern auch sie hätte etwas erlebt. Selbst wenn es ihr nicht gefallen sollte, konnte sie wenigstens sagen, keine Chance vertan zu haben. Der Entschluss war gefallen. Sie würde mit Mark gemeinsam Silvester verbringen.

Es wurde ein schöner Kurzurlaub auf einer Skihütte mitten in den Tiroler Bergen, der in ihr Erinnerungen an verrückte Hüttenwochenenden mit ein paar früheren Schulfreunden wachrief. Und auch die Tage mit Mark würde sie nicht so schnell wieder vergessen.

Sie lernte Lukas und Steffi kennen, ein befreundetes Pärchen, das im kommenden Frühjahr heiraten wollte. Die beiden wirkten frisch verliebt, obwohl sie sich nicht erst seit gestern kannten. Sie waren schon zusammen in die Schule gegangen, wie Mara erfuhr. Damals allerdings hatten sie noch nicht besonders viel Zuneigung füreinander empfunden.

„Es hat sich im Laufe der Zeit entwickelt. Wir haben uns öfter auf Partys gesehen, sind Freunde geworden und irgendwann waren wir dann ein Paar." Steffi verdrehte bei Lukas Worten unübersehbar die Augen. So pragmatisch konnte es nur ein Mann ausdrücken.

Als sie einmal zu zweit zusammenstanden, verriet Steffi Mara, dass sie schon in der Schule ein Auge auf Lukas geworfen hatte. Der hatte aber lieber den Mädels aus der Parallelklasse hinterhergeschaut, bis sie begann, ihn absichtlich zu nerven. So wurde er wenigstens auf sie aufmerksam. Als sie sich dann später auf diversen Partys öfter über den Weg liefen, hatte sie endlich Gelegenheit, ihm zu zeigen, wer sie wirklich war, bis er sie nicht mehr nur anschaute, sondern sah.

Steffis Worte erstaunten Mara und berührten etwas tief in ihr. Sie erinnerten sie an das Erkennen aus der Bibel. Adam erkannte Eva. Er schaute nicht nur, er sah sie, wie sie wirklich war als Person, die dieselbe Würde hatte wie er, die würdig war als solche gesehen und erkannt zu werden.

Wenn Steffi lachte, bildeten sich Grübchen auf ihren sommersprossigen Wangen und die kleine Lücke zwischen ihren oberen Schneidezähnen wurde sichtbar. „Lukas ist manchmal ein echter Kindskopf, irgendwo in seinen Zwanzigern hängen geblieben. Ein Abenteurer. Ein

Entdecker. Aber ich liebe ihn. Mit ihm wird es nie langweilig. Wer einen Lukas hat, braucht keinen anderen." Auch diese Worte klangen in Mara nach.

Ungebrochen war die Anziehung, die Mark auf sie ausübte, und doch schien er sich ihr nicht wirklich öffnen zu wollen oder zu können. Unter der Oberfläche blieb er verschlossen. Er war witzig, charmant, cool, scherzte, wurde wieder ernst, sprach mit ihr und den anderen über Alltägliches wie über die großen Dinge des Lebens. Er näherte sich an, wahrte aber dennoch einen gewissen Abstand, als ob da eine unsichtbare Barriere wäre, die er vorsichtshalber nicht überschreiten wollte. Sie fragte sich, ob Steffi und Lukas, die ihn wesentlich länger kannten als sie, denselben Eindruck hatten, traute sich aber nicht, ihre Frage offen auszusprechen. Alles war noch zu neu, zu frisch, zu unverbindlich.

Mara genoss die Tage mit den dreien. Silvester in den schneebedeckten Bergen. Es war eisigkalt, die Luft schneidend. Obwohl sie dick eingepackt war, fröstelte sie, als sie mit den anderen ins Tal hinabblickend draußen vor der Hütte stand und den Countdown zählte. Unter ihren Schuhen knirschte frischer Schnee, am wolkenlosen Nachthimmel leuchteten die Sterne.

10,9,8,7,6,5,4,3,2,1, Happy New Year! Ein neues Jahr war angebrochen, die Raketen flogen zischend, explodierten und tauchten den Himmel in bunte Farben. Sie beobachtete das Schauspiel. Mark stand an ihrer Seite. Während Steffi und Lukas miteinander beschäftigt waren, trafen sich ihre Blicke. Mara lächelte und flüstere von ganzem Herzen „Ein frohes neues Jahr", weil sie an dieses neue Jahr, das so anders begann als all die Jahre zuvor, glaubte. Mark erwiderte ihren Blick mit einem, den sie nur schwer deuten konnte. Dann wanderte ihr Blick wieder gen Himmel und sie war glücklich, in diesem Moment an diesem Ort mit diesen Menschen zu sein. An ihrer Seite Mark.

Frühlingsfarben

Sie ließ sich Zeit auf dem Weg zum Bahnhof, staunte einmal mehr darüber, wie der Winter einem zarten Grün gewichen war und die Tage allmählich wärmer und länger wurden. Die Pastelltöne des Frühlings ließen sie atmen. Rein und klar, verheißungsvoll. Etwas lag in der Luft. Sie musterte im Vorbeigehen die Häuser, in deren Vorgärten Frühlingsblumen blühten. Gelbe Narzissen, violette Krokusse, bunte Tulpen und kleine weiße Gänseblümchen wuchsen im Gras rund um den lila Fliederbusch. Sie liebte den Frühling und seine Farben. Die Jahreszeit schmeckte nach Veränderung. Das eintönige Grau des Winters war mit dem letzten Schneefall weggeschmolzen. Es wurde heller und die Gesichter der Menschen, denen sie begegnete, mit den ersten Frühlingsstrahlen freundlicher. *Frühling lässt sein blaues Band wieder flattern durch die Lüfte; süße, wohlbekannte Düfte streifen ahnungsvoll das Land.* Die ersten Verse aus dem Frühlingsgedicht von Eduard Mörike begleiteten ihren Weg durch die Straßen.

Seit dem Silvesterurlaub hatten sie viel Zeit miteinander verbracht. Zu zweit, gemeinsam mit Freunden, waren Eislaufen gewesen, in der Therme, hatten gemeinsam im Kino gesessen und Popcorn gegessen. Wie oft hatte sie sich diese Dinge ausgemalt. Natürlich war es jetzt mit Mark anders als es vor zehn Jahren gewesen wäre, weil sie eine andere war als damals. Sie war gewachsen und mit ihr waren ihre Vorstellungen von einer Beziehung gereift. Die Romantik war in den Hintergrund getreten, andere Komponenten für sie wichtiger. Einmal hatte sie sogar in Erwägung gezogen, Mark ihrer Familie vorzustellen, den Gedanken aber wieder verworfen. Sie waren kein Paar. Nicht offiziell. Noch nicht einmal inoffiziell. Doch genau das würden dann alle denken. Und sie war sich nicht sicher, ob er damit einverstanden war. Sie hätte das Gefühl, ihn zu drängen.

Der Moment an Silvester hatte dennoch etwas in ihrer Beziehung verändert. Sie konnte nicht sagen, was es war. Mark war nicht mehr so kühl wie anfangs, nicht mehr der Unberührbare, der sich nahm, was er kriegen konnte, aber nicht bereit war, zu geben. Sie öffneten sich einander Stück für Stück, wie die ersten Frühlingsblumen, an denen sie vorbeilief, nach ihrem langen Winterschlaf.

Sie erinnerte sich an ihr erstes Treffen mit Mark, an den Gang zum Bahnhof damals und, dass sie ein mulmiges Gefühl gehabt hatte und ihr tausend Dinge durch den Kopf gegangen waren. Heute war sie frei, keine Grübelei und nichts, das sie davon abhielt, einfach zu sein und den Moment zu leben. *Carpe Diem.* Ein geflügeltes Wort. Sie war voller Leben und bereit, diesen Tag zu pflücken.

Er war leer wie ein unbeschriebenes Blatt, und atmete ruhig mit geschlossenen Augen. Er versuchte, etwas zu spüren, aber da war nichts.

Er wollte leer sein. Es war gut, nichts zu fühlen, sich über nichts Gedanken zu machen, an nichts zu denken. Er öffnete die Augen wieder und starrte in die Dunkelheit. Ja, er wollte leer sein.

Menschen waren immerzu auf der Suche nach einem guten Gefühl, danach, sich gut zu fühlen. Aber Gefühle sind flüchtig. Sie sind nicht von Dauer. An Gefühlen kann man sich nicht festhalten, nicht auf sie bauen. Sich auf seine Gefühle zu verlassen, ist trügerisch. Er hatte es einmal getan, zweimal, dreimal, öfter. Hatte geglaubt, so Erfüllung zu finden. Das Gegenteil war der Fall. Die Leere schmerzte, weil sie laut war, schrie, danach schrie, gefüllt zu werden, bis es wehtat.

Leise Leere, laute Leere, laut, leise, leer. Einfach leer. Er atmete in die stille Leere hinein, atmete aus und ein, ganz ruhig. Lauschte in die Stille hinein. Hörte das leise Ticken seiner Armbanduhr, irgendwo summte etwas, wahrscheinlich der Kühlschrank in der Küche. Sonst nichts. Keine Geräusche. Keine Laute. Still, leise, leer.

Er musste lernen, die Töne der Wirklichkeit auszuhalten. Das war seine Prüfung. Wenn er sie nicht bestand, war er verloren. Er fragte sich, ob er es schaffen konnte. Mit Mara an seiner Seite vielleicht. Sie war sein Anker. Er fragte sich, ob er sie missbrauchte, wenn er sie benutzte, ohne dass sie es wusste. Spürte sie seine Unsicherheit ihr gegenüber? Er war noch nie unsicher gewesen, wenn es um Frauen ging. Warum bei ihr?

Einmal hatte Mara mit ihm über den christlichen Glauben gesprochen. Sie hatten schon über viele Themen diskutiert, die sie beide leidenschaftlich angingen. Der Glaube aber war etwas sehr Persönliches, Intimes, fand er. War das nicht die Gretchenfrage? *Woran glaubst du?* Er hatte Faust gelesen. Lesen müssen. Bei der Gretchenfrage war er hängengeblieben, weil er sie so albern fand, damals. Wen interessierte denn der Glaube des anderen, wenn es darum ging, ob man zusammen sein wollte oder nicht? So ein Schwachsinn. Er konnte sich nicht vorstellen, dass es tatsächlich einmal eine Epoche gegeben hatte, in der diese Frage von Bedeutung gewesen war. Woran glaubst du? Mara hatte ihn nicht gefragt. Er hätte auch nicht gewusst, was er hätte antworten sollen. Woran glaubte er?

Woran glaubst du?

Er erinnerte sich an den Abend, an dem das Gespräch stattfand. Es war der Abend gewesen, an dem Mark mit Lukas und ein paar anderen zum Zocken verabredet gewesen war. Er wollte gerade unter die Dusche, als sein Handy klingelte.

„Hi! Ich dachte, ich ruf mal an und frag, wie's so geht!" Ihre Stimme klang fröhlich, wie immer.

„Deshalb rufst du an, um zu fragen, wie's mir geht?"

„Stör ich etwa?"

„Ich war beim Sport."

„Hast du Lust, vorbeizukommen? Wir könnten zusammen kochen und einen Film schauen. Ich hab richtig guten Rotwein da, von Weihnachten, ein Geschenk, aber alleine trinke ich ihn nicht."

Manchmal war sie so. Einfach geradeheraus. Offen. Spontan. Ohne nachzudenken. Wenn er jetzt „nein" sagen würde? Er sah in ihrem Gesicht die Enttäuschung, die man ihrer Stimme nicht anhören würde. Filmabend bei Mara oder Zocken mit seinen Kumpels? Mist. Er hatte sich aufs Gamen gefreut. Darauf war er eingestellt, auf einen Besuch bei Mara nicht. Da fiel ihm ein, dass er noch nie bei ihr daheim gewesen war. Sie waren bei ihm gewesen oder auswärts, nie bei ihr, wenn sie sich getroffen hatten. Warum eigentlich nicht? Er hatte nie danach gefragt.

Sie wollte, dass er zu ihr kam. Es musste ihr wichtig sein. Bei Mara war nie etwas bedeutungslos. Alles hatte eine Bedeutung: Ihr Lächeln, ihr Nicht-Lächeln, ihre Hand auf seiner Schulter, ihre Augen, die in seinen lasen und doch nicht verstanden. Was hatte diese Einladung zu bedeuten?

„Tut mir leid, dass ich dich von deinem Spielabend abgehalten habe." Sie klang kein bisschen mitfühlend, als sie ihm die Tür öffnete. Er stand da und musterte sie, schielte an ihr vorbei in die Wohnung. Jetzt war er hier.

„Deine Einladung konnte ich mir doch nicht entgehen lassen. Meine Kumpels waren nicht böse, dass ich sie aus einem solchen Grund im Stich gelassen habe."

Mara beendete ihre kleine Wohnungsführung im Wohnzimmer mit den Worten: „Ich weiß, es ist bunt hier und ein wenig zusammengewürfelt, aber ich mag's."

Ja, es war bunt. Er musste an seine eigene Wohnung denken. Was ihn aber weit mehr erstaunte, waren die Devotionalien, die in der Wohnung zwar dezent verteilt, aber doch präsent waren. Er hätte nicht gedacht, dass Mara so religiös war. Hatte sie ihn deshalb nicht früher eingeladen, weil sie Angst hatte, was er denken würde?

„Bist du überrascht?" Hatte er überrascht geschaut?

„Du hast mir nie erzählt, dass du…"

„…dass ich gläubig bin? Es hat sich nicht ergeben. Ich wollte nicht mit der Tür ins Haus fallen. Ich wollte dich erst besser kennen lernen. Der Glaube ist ein Teil von meinem Leben. Er ist wie die Luft, die ich atme. Ich hole den Wein." Sie wich seiner Reaktion aus. Sie hatte definitiv Angst. Dabei hatte er kein Interesse, etwas anzurühren, das ihr heilig war. Vielleicht hatte er etwas davon gespürt, als sie sich das erste Mal begegnet waren, und war deshalb so fasziniert gewesen. An etwas fest zu glauben, machte etwas mit jemandem. Vertrauen, Hoffnung, Zuversicht waren Worte, die ihm in den Sinn kamen, wenn er an Mara dachte. Worte, die ihm selber fremd waren. Als Kind war er mit dem Glauben in Berührung gekommen. Er hatte versucht, fest an etwas zu glauben. Es war ihm nicht gelungen. Der Fels, auf dem er stand, war aus Sandstein und bei der nächsten Erschütterung zerbröckelt, bis nur noch ein Haufen Sand übrigblieb, vom Winde verweht. Windhauch, Windhauch. Das waren Worte aus der Bibel, soweit er sich erinnerte. Irgendwo mussten sie in seinem Gedächtnis gespeichert sein. Warum er ausgerechnet diese Worte erinnerte, wusste er nicht. Vielleicht waren sie ihm einmal wichtig gewesen. *Windhauch, es ist alles Windhauch.*

Mara kam mit dem Wein und zwei Gläsern zurück und riss ihn aus seinen Gedanken.

„Du meinst also, du kennst mich inzwischen gut genug, um mir von deinem Glauben zu erzählen? Reden wir vom Windhauch. Es ist alles Windhauch."

„Wie kommst du jetzt ausgerechnet auf Kohelet?"
Sollte er sie irritiert haben, ließ sie es sich nicht anmerken. Also würde er heute Abend mit Mara ein Gespräch über den Glauben führen. Das war neu für ihn. Er saß auf dem Sessel ihr gegenüber, in der Hand ein Glas Rotwein, der aromatisch vollmundig schmeckte, und lauschte dem, was Mara glaubte. Sie überraschte ihn immer wieder. Gleichzeitig fragte er sich, ob er nicht zu weit entfernt von diesem Glauben war, um Mara nahe sein zu können. Mit Religion und Kirche hatte er nichts am Hut. Warum sollte ausgerechnet dieser Glaube Wahrheit und Freiheit bedeuten? War der religiös gebundene Glaube nicht nur einer von vielen Erklärungsversuchen, der menschlichen Existenz einen Sinn zu verleihen? Warum sind wir auf der Welt? Warum sterben wir? Religionen boten eine Antwort auf diese Fragen und gaben den Menschen, die glaubten, deshalb Halt. Freiheit sah für ihn anders aus.

„Wie anders?" Frei eben. Ungebunden frei. Sich an nichts bindend, frei von Glaubenssätzen, Geboten oder Dogmen. Haltlos? Mara verhielt sich ihrem Glauben entsprechend und ihre Haltung zog ihn zweifellos an.

Zum ersten Mal seit langem wünschte er sich, dass er auch glauben könnte, an irgendetwas fest glauben könnte so wie Mara an ihren Gott glaubte, der dreifaltige Liebe war und die Menschen geschaffen hatte, weil er seine Liebe teilen wollte, nicht weil er sie brauchte oder gebrauchen wollte, sondern weil er Mitliebende wollte, Mitwirkende an seinem Liebesplan, und sie so zur Liebe berufen hat. Mara glaubte an diese Liebe und daran, dass das Leben ein Geschenk war. Er selbst hatte aufgehört an etwas glauben zu wollen, als er als kleiner Junge vor dem

Sandhaufen stand, unter dem er die Fragen, die er an das Leben stellte, begraben hatte.

Seltsamerweise erinnerte er sich an den Windhauch, aber nicht daran, dass der Sand bunt gewesen wäre.

Rosarote Wolken

Sie stieg aus der Bahn, betrachtete kurz im Vorbeigehen ihr Spiegelbild in den Fenstern. Was sie sah, gefiel ihr, eine junge Frau mit einer ganz passablen Figur, die erhobenen Hauptes den Bahnsteig entlangschritt. Sie konnte sich nicht erklären, warum sie so glücklich war. Sie war schon viele Male bei Mark gewesen, hatte sich an die Sterilität seiner Wohnung gewöhnt und es tatsächlich fertiggebracht, sich bei ihm einigermaßen wohlzufühlen. Vielleicht waren es der Frühling, die Farben, die Gerüche, die wärmenden Strahlen der Sonne, die Vorfreude, die leise Ahnung, die in der Luft lag, die sie in diesem Augenblick glücklich stimmten. *Für jedes Geschehen unter dem Himmel gibt es eine bestimmte Zeit: Eine Zeit zum Weinen, eine Zeit zum Lachen, eine Zeit für die Klage und eine Zeit für den Tanz; eine Zeit zum Steinewerfen und eine Zeit zum Steine-Sammeln, eine Zeit zum Umarmen und eine Zeit, die Umarmung zu lösen, eine Zeit zum Suchen und eine Zeit zum Verlieren, eine Zeit zum Behalten und eine Zeit zum Wegwerfen, eine Zeit zum Zerreißen und eine Zeit zum Zusammennähen, eine Zeit zum Schweigen und eine Zeit zum Reden, eine Zeit zum Lieben und eine Zeit zum Hassen, eine Zeit für den Krieg und eine Zeit für den Frieden.* Kohelet.

Mark hatte damals den Anfang des Buches zitiert. Ihr war egal, ob er gläubig war oder nicht. Zumindest interessierte er sich für ihren Glauben, akzeptierte diese Seite an ihr, respektierte sie. Eine Entdeckung, die ihr gefiel. Funktionierte Liebe nicht genauso? Sie hatte Mark kennengelernt, und je mehr sie ihn zu durchschauen versuchte, desto mehr Seiten entdeckte sie an ihm. Dinge, die ihr gefielen, ebenso wie Dinge, die ihr nicht gefielen. Aber auch sich selbst lernte sie durch ihn noch besser kennen.

Sie hatte ihre Entscheidung getroffen, als sie mit Mark über ihren Glauben gesprochen hatte. Das war ihr Obwohl. Sie war sich nur nicht sicher, ob Mark auch bereit für dieses Obwohl war. Sie hatten so viel gemeinsam unternommen. Es fühlte sich richtig an. Sie war gerne mit ihm zusammen, fühlte sich wohl in seiner Nähe. Früher hatte sie gedacht, sie könnte nur mit jemandem zusammen sein, der ihren Glauben teilte. Doch so funktionierte Liebe nicht. Liebe war mehrdimensional. Sie war leidenschaftlich, romantisch, intim, kameradschaftlich, verbindlich, erkannte den anderen. Sie war Eros und Agape, auch pragmatisch, manchmal manisch, dann wieder spielerisch. Liebe ließ sich nicht in ein einzelnes leeres Einmachglas füllen. Jeder Mensch liebte, wie es seiner Realität entsprach, und liebte auf unterschiedliche Weise den einen wie den anderen.

Alle sehnten sich nach der Liebe, aber die wenigsten assoziierten noch etwas Göttliches mit ihr. Maras beste Freundin Lucy sehnte sich ständig nach jemandem, mit dem sie zusammen sein konnte. Auch Lucy war auf der Suche nach der Liebe. Als sie sich besser kannten, hatte

Mara Lucy einmal ihre Sicht auf die Liebe erklärt. Sie dachte, die Menschen müssten doch verstehen, was Liebe im Tiefsten ausmachte, dass sie mehr war als die oberflächliche Befriedigung egoistischer Bedürfnisse. Bald hatte sie es jedoch aufgegeben, Lucy von Gott und der Liebe zu erzählen. Gott liebte um der Liebe willen und hatte damit ein Band geknüpft, das in jeden Menschen eingeflochten war. Warum sehnte sich der Mensch so sehr nach Liebe, Zuneigung, Geborgenheit? Weil Liebe seine Essenz ist. Die exklusive Liebe zwischen zwei Menschen wird wie Gott selbst immer auch ein Stück weit Geheimnis bleiben.

Jedes Mal, wenn Lucy sie gefragt hatte, ob sie Mark liebte, war Mara ausgewichen. Würde Lucy sie jetzt fragen, hätte sie eine Antwort. Es gab für alles eine Zeit. Und das war ihre Zeit für die Liebe. Sie holte noch einmal Luft, die angenehm kühl, erfrischend, frühlingshaft war, und drückte auf den Klingelknopf.

Sie hatten beschlossen, diesen Frühlingstag zusammen mit Lukas und Steffi in den Bergen zu verbringen. Mark war oft in den Bergen, mehr noch als sie. Er war in der Hinsicht extrem, wie er in vielerlei Hinsicht extrem war. Was die Berge anging, das hatte Mara schon beim Skifahren gemerkt, konnte ihm niemand etwas vormachen. Mark war ein Bergmensch durch und durch. Seine Leidenschaft für die Berge hätte sie ihm auf den ersten Blick nicht angesehen. Eine für schnelle Autos und Motorräder schon eher. So konnte man sich täuschen.

Mara beobachtete das Spiel der Muskeln, das sich unter seinem Shirt abzeichnete. Mark lief mit einer Flasche

Wasser in der Hand voraus. Lukas und Steffi waren irgendwo hinter ihnen. Mara versuchte, so gut es ging Schritt zu halten. Bis zum Gipfel war es nicht mehr weit, dafür wurde es umso anstrengender, je höher sie kamen. Vereinzelte Schneefelder bremsten ihren Schritt.

Leise stöhnte sie über Marks sportlichen Ehrgeiz und seine mangelnde Rücksicht. Sie wusste, dass es nichts bringen würde, ihn darauf hinzuweisen. Er war in seinem Tunnel. „Marks Tunnel" hatte sie diesen Zustand getauft, den sie schon öfter bei ihm beobachtet hatte, wenn sie gemeinsam unterwegs waren. Ein Zustand, in dem er nichts um sich herum mehr wahrnahm In solchen Momenten war er ausgerichtet auf ein inneres Ziel, das ihn antrieb, wobei ihr meist verborgen blieb, welche Motivation dahintersteckte.

Jetzt konnte sie das Ziel deutlich erkennen. Das Gipfelkreuz lag nur noch wenige Meter vor ihnen. Gott sei Dank! Sie spürte sämtliche Muskeln ihres Körpers und war schweißgebadet, als sie oben ankam. Sie stellte sich neben Mark, der ohne das geringste Anzeichen von Erschöpfung einen Schluck aus seiner Wasserflasche nahm und den Ausblick genoss, während eine einsame Dohle über ihren Köpfen um das Gipfelkreuz herum kreiste.

Was für eine wunderbare Welt. Ein Geschenk, kein Verdienst. Reine Gnade, dass wir in dieser Welt stehen, vorwärts gehen, leben dürfen. Sie kam sich so unglaublich klein vor, nicht nur, weil sie neben Mark stand, der in diesem Moment wie ein unerschütterlicher Fels auf sie wirkte, sondern weil sie dieses Wunder, das zu ihren Füßen lag, nicht erfassen konnte, weil sie es nie begreifen würde. Sie lebte in einer Welt, die eine solche Schönheit zu bieten hatte, dass sie nur staunen konnte.

„Alles gut?" Fast wäre sie vor Schreck zusammengezuckt, so versunken war sie in den Anblick der sie umgebenden Welt. Sie nickte, lächelte Mark zu und lehnte sich an ihn. Obwohl sie glaubte, dass ihr verschwitzter Körper ihn abstoßen musste, legte er seinen Arm um sie.

„Schön, nicht? Wie eine Spielzeuglandschaft."

Er atmete tief durch, und Mara war froh, dass er wortkarg blieb, und den Moment einfach unausgesprochen sein ließ.

„So fühlt sich Freiheit an."

Sie widersprach nicht, weil in diesem Moment der unausgesprochenen Gedanken nichts unpassender gewesen wäre als eine Diskussion zum Thema innere und äußere Freiheit. Sie war glücklich.

Was dann passierte, konnte sie später nur noch vage in ihrer Erinnerung rekonstruieren. Erinnerung und Vorstellung dieses Augenblicks vermischten sich. In ihrer Vorstellung wollte sie sich gerade zu ihm drehen, um ihr Glück mit ihm zu teilen, wusste jedoch nicht mehr genau, ob sie es getan hatte oder nicht. Jedenfalls, und daran erinnerte sie sich genau, spürte sie plötzlich Marks Hände auf ihren Schultern, und im nächsten Moment beugte er sich zu ihr herab. Verschwommene Sekunden, die folgten. Waren Lukas und Steffi noch immer nicht oben? Die beiden konnten doch nicht so weit hinter ihnen gewesen sein? Sie hatte jegliches Zeigefühl verloren. Alles, was sie später mit Sicherheit sagen konnte: Dieses Mal küsste er sie wirklich.

Liebesleid

Wir alle sind Bergsteiger des Herzens. Alle wollen wir den Gipfel erreichen, jeder auf seinem individuellen Weg und keiner ist dabei frommer, heiliger, besser als der andere. Am Anfang steht immer das Herz, am Ende der ewige Augenblick, das Eintauchen in die göttliche Wirklichkeit, die reine Liebe, der Gipfel des Herzens. Sein Idol Thomas Huber von den Huberbuam hatte es so ähnlich ausgedrückt. Diese Sicht auf den Glauben gefiel ihm. Sie war weniger exklusiv und erreichte sein Bergsteigerherz. Warum hatte er Mara geküsst?

In irgendeiner Bar hatte er sie damals wiedergetroffen und mit nach Hause genommen. Schon damals hatte er den Wunsch verspürt, sie zu küssen. Er wusste, dass er keine Beziehung eingehen sollte. Bisher hatte er genau das immer vermieden. Er war nicht für Beziehungen geschaffen, die unter die Oberfläche gingen. Bei Mara war alles anders. Sie forderte nichts von ihm, ließ ihn einfach sein. Warum war es mit ihr nicht wie mit den anderen? Diese Frage stellte er sich zum wiederholten Mal, und er stellte sie Lukas, was er im Nachhinein ein wenig bereute. Der kam direkt mit dem Vorschlaghammer.

„Mensch, das liegt doch auf der Hand. Du bist das erste Mal richtig verliebt. Krasse Sache. Das sollten wir feiern!"

Was hatte Mara einmal über die Liebe gesagt? Wenn du wahrhaft liebst, hört das Kreisen um dich selbst herum auf. Du bist ausgerichtet auf den Anderen. Liebe verwirklicht sich im Anderen, im Du. Im Gegenüber findet sie ihren Ausdruck, ihre Entsprechung, ihre Vollendung. So ähnlich hatte sie sich ausgedrückt. Mit Sicherheit hatte sie dabei gelächelt. Ihr Lächeln, ihr aufrichtiges Lächeln stillte jede oberflächliche Leidenschaft, jedes Verlangen, das nicht ehrlich war.

Der Kuss war passiert, und es hatte lange genug gedauert. Sie waren wie Freunde gewesen, wie gute Kumpels, und doch war da mehr als Freundschaft. Der Kuss war wie ein Siegel, das ihm eine gewisse Sicherheit gab. Sie würde ihn nicht verraten. Er konnte es versuchen, und eine Beziehung mit ihr führen. Vielleicht würde sie die Schatten in seinem Leben vertreiben. Vielleicht war sie sein Licht, und endlich könnte er die Welt in Farben sehen.

„Ihr seid jetzt also zusammen? So richtig?"

Lucy konnte es offenbar nicht fassen. Mara verstand ihre Freundin. Sie konnte es ja selbst noch nicht wirklich glauben. Zusammen, nicht mehr allein. Ein „Du" war in ihr Leben getreten. Noch vor ein paar Monaten hatte sie felsenfest geglaubt, dass sie nicht fähig war, eine Beziehung einzugehen, hatte online gedatet, um sich verzweifelt das Gegenteil zu beweisen, wenn auch wenig erfolgreich, bis Mark auf ihrem Handydisplay aufgetaucht war. Ein gelangweilter Hipster, etwas oberflächlich, mit einem Hauch von Melancholie, dessen bernsteinfarbene Augen der Bewegung ihres Daumens die Richtung gewiesen hatten.

Sie erinnerte sich an das erste Treffen, den holprigen Start, und spielte in Gedanken durch, wo sie jetzt standen. *Der Mensch wird am Du zum Ich* ist ein zentraler Satz des Religionsphilosophen Martin Buber, den sie kürzlich gelesen hatte. Buber definierte Beziehung als Gegenseitigkeit, Leben als Begegnung und Liebe als Verantwortung eines Ich für ein Du. War sie bereit, für Mark Verantwortung zu übernehmen?

Ihre Schwester Rahel reagierte ähnlich wie Lucy, als sie ihr erzählte, dass sie jetzt offiziell mit Mark zusammen war, fast ein wenig erschrocken. Aus ihrer Familie hatte wohl niemand tatsächlich gedacht, dass sie jemals jemanden finden würde, mit dem sie eine Beziehung einging, geschweige denn wirklich jemanden finden wollte. Was wohl mit Marks Familie war? Der Gedanke kam plötzlich. Sie wagte nicht, Mark auf seine Familie anzusprechen. Er hatte weder seinen Vater noch seine Mutter je erwähnt. Sie war sensibel genug, um ihn zu lassen. Ihre eigene Familiengeschichte hatte auch Schattenseiten.

„Sag mal Lucy, hat Max dir schon mal von seiner Familie erzählt?" Lucy stockte. Ihr Lächeln gefror.

„Was ist los?" Die Sommersprossen auf Lucys Nase hatten aufgehört zu tanzen, ihre Gesichtsfarbe war im Frühlingslicht, das durch die Fensterscheiben fiel, fahl geworden. Mara kannte ihre Freundin gut genug, um solche Veränderungen an ihr zu bemerken.

Lucy blickte an ihr vorbei aus dem Fenster. „Der Schnee ist dieses Jahr ziemlich schnell geschmolzen, findest du nicht?"

Sie folgte Lucys Blick. „Du bist doch sowieso mehr Blumenkind als Schneemensch. Was ist los, Lucy?"

So erfuhr Mara, dass es momentan kein „Max und Lucy" mehr gab. „Ich habe dir nur nichts erzählt, weil du doch so glücklich mit Mark bist. Da wollte ich nicht mit meinem Liebesleid kommen." Sie schaute ihre Freundin entschuldigend an, dann zuckte sie mit den Schultern. „Max und ich haben beschlossen, uns eine Weile nicht zu sehen. Er hat mich gefragt, ob ich mir vorstellen kann, bei ihm einzuziehen, da musste ich weg. Einziehen! Wie kommt er darauf, dass ich bei ihm einziehen will? Der Sex mit ihm ist toll. Ich kann mich bei ihm fallen lassen, und er versteht mich blind, wir haben Spaß zusammen. Warum reicht ihm das nicht? Warum macht er das kaputt?"

Mara hörte ihrer Freundin aufmerksam zu, verstand die Worte Sex, Spaß und Angst. Lucy hatte Angst vor der Echtheit dieser Beziehung. Max tat ihr leid. Mara musste sich zusammenreißen, dass sie nicht Partei für ihn ergriff. Sex ist sicher wichtig in einer Beziehung, aber auch nicht alles. Lucy hatte sich damals lustig gemacht, weil Mara nach der großen Liebe suchte. Dabei suchte Mara nicht nach der großen Liebe, sondern einfach nach einem Menschen, den sie vielleicht lieben konnte und der ihre Liebe erwiderte, und ja, vielleicht war Mark diese eine große Liebe, der man nur einmal im Leben begegnete. Sie wusste es nicht. Sich auf ihn einzulassen, war ihr nächster Schritt gewesen. Das Leben passierte mit ihrem Zutun, nicht ohne es. Die Rede von „Schicksal" und „ausgeliefert sein" war nur eine faule Ausrede, um sich dem Leben nicht stellen zu müssen.

Mara nahm ihre Freundin in den Arm. „Vielleicht solltest du diesen einen Schritt, vor dem du Angst hast, einfach wagen, ohne zu viel nachzudenken, die Angst besiegen, gehen und sehen, was passiert. Wer nicht wagt, der nicht gewinnt. Hast du mir das nicht immer vorgehalten?"

„Ach Mara, ich vermisse ihn. Ich vermisse seinen Geruch, sein Lachen, seine blöden Kommentare, die er auch ungefragt immerzu von sich gibt. Ist das Liebe?"

„Das fragst du mich?" Mara war überrascht. Lucy hatte sie noch nie in Beziehungsangelegenheiten um Rat gefragt. „Wonach sehnst du dich denn?"

„Ich habe bei der Vorstellung, wie es wohl ist, mit ihm zusammenzuleben, solche Panik bekommen, dass ich einfach nur noch wegwollte. Die ganze Freiheit, die ich aufgebe. Es würde mich nicht wundern, wenn er jetzt keine Lust mehr auf mich hat."

„Bist du ohne ihn denn wirklich freier?"

Freiheit. Den einen oder anderen Kompromiss einzugehen, bedeutete doch nicht, keine Freiheit mehr zu haben. Geht Liebe nicht sowieso weit über die eigene Freiheit hinaus? Befreit Liebe nicht von Zwängen und der verzweifelten Suche nach dem, wonach man sich sehnt? Heißt lieben nicht finden, und die Suche hat ein Ende? Wenn ich liebe, mache ich mich auf den Weg heimwärts, bis ich bei mir selbst ankomme, weil Liebe zutiefst in der Person verwirklicht ist. Liebe setzt frei.

Das Geräusch eines eilig zurückgeschobenen Stuhls riss Mara aus ihren Gedanken.

„Ich fahre bei ihm vorbei!" Lucy war aufgesprungen, nahm Jacke und Schal vom Stuhl und hängte sich ihre kleine Handtasche um die Schulter. Ihre Locken hüpften dabei aufgeregt hin und her. „Danke, Mara!" Und dann drehte sie sich im Weggehen noch einmal um.

„Ich glaube, das ist das erste Mal, dass ich jemanden wirklich liebe." Ein paar Köpfe drehten sich amüsiert in ihre Richtung. Lucy stürmte hinaus,

Es war irgendwie komisch ihrer Freundin jetzt hinterherzusehen. Wie bei einer Mutter, deren Kind flügge wird. Die Mutter steht mit einem mulmigen Gefühl da. Einerseits freut sie sich für ihr Kind, andererseits ist sie traurig, weil sie weiß, dass sich jetzt auch für sie als Mutter etwas verändern wird. Sie musste kurz an ihren eigenen Auszug aus der elterlichen Wohnung denken, und wie schwer es ihrer Mutter damals gefallen war, sie loszulassen, ihr Flügel wachsen zu lassen, statt sie zu stutzen. Auch das gehörte zum Erwachsenwerden: Liebesfreud und Liebesleid.

Anstandslos übernahm sie die noch offene Rechnung für Lucys Latte Macchiato mit extra viel Milchschaum, Vanillesirup und Kardamom. Es würde noch genug Gelegenheiten für Lucy geben, die Rechnung wieder zu begleichen. Davon abgesehen, wofür waren Freundinnen da?

Torschlusspanik

„Also die Pflanze da muss auf jeden Fall mit!"

Die Umzugskisten stapelten sich in Lucys Wohnzimmer. Sie hatte sich entschieden, ihre eigene Wohnung erst einmal nicht komplett aufzugeben, sondern zunächst auf Probe bei Max einzuziehen. Mara wusste, dass Lucy ihre Wohnung liebte. Die von Max kannte sie nicht, nur aus Erzählungen. Scheinbar hatte er eine Art Loft. Er arbeitete nur nebenbei als Barkeeper, wenn Aushilfe nötig war. Er war gerne in Gesellschaft und mochte es, neue Leute kennen zu lernen. „Und wegen der Frauen." Das hatte Lucy spöttisch angefügt. Im „echten" Leben war

Max allerdings kein Weiberheld, sondern Softwareentwickler und Programmierer, und arbeitete selbstständig von zuhause aus für Firmen, Unternehmen, Einzelpersonen, die ihn für zeitweilige Projekte engagierten. Er war früher fest angestellt gewesen, hatte die Festanstellung aber sattgehabt. Zu wenig eigene Freiheiten.

Schon wieder Freiheit. Jeder Mensch schien immerzu nach Freiheit zu streben. Selbst in einem Land, in dem jeder so gut wie alle Freiheiten hatte, die ihm laut internationaler Menschenrechtscharta, anderen festgeschriebenen Rechten und selbsternannten ungeschriebenen Gesetzen zustanden, schienen sich die Menschen immerzu eingeengt zu fühlen. Lucy fühlte sich unfrei, wenn sie mit jemandem zusammenzog. Dabei hatte sie mit diesem Umzug sogar Raum gewonnen, weil sein Loft größer war als ihre Zweizimmerwohnung, selbst wenn sie sich die Räumlichkeiten teilten. Mara verstand dieses Freiheitsstreben nicht. Sie hatte auch eine Zeit gehabt, in der sie sich nach Freiheit sehnte, bis sie erkannt hatte, dass sie innerlich frei werden wollte, nicht äußerlich. Seit sie ihre innere Freiheit gefunden hatte, war sie wirklich frei.

„Mara, huhu! Träumst du? Kannst du mal die Kiste mitanpacken? Das Scheißklebeband ist abgegangen und ich habe Angst, dass mir gleich lauter Scherben um die Füße fliegen." Lucy war gereizt, weil sie gestresst war. Vielleicht stresste sie aber auch ihre Gereiztheit, die mit dem bevorstehenden Umzug einherging. Sie hatte sich zwar entschieden, ganz wohl fühlte sie sich jedoch noch nicht mit der Entscheidung.

„Das wird schon! Wir schaffen das, meine Liebe!"

„Hör auf mit dem dämlichen Spruch. Der hat schon 2015 nicht wirklich geholfen."

„Wenn man dran glaubt! Glaube versetzt Berge!"

„Na dann setze ich mich am besten betend in die nächste Ecke und warte bis meine Siebensachen von alleine in Max Wohnung wandern. Das spart mir Zeit und Nerven."

„So funktioniert das mit dem Beten nicht. Beten ist keine faule Zauberei. Wir haben es doch gleich geschafft. Nur noch die paar Kisten ins Auto und dann ab zu Max. Und wenn der Tag rum ist, gönnen wir uns ein wenig Wellness. Ein Wellnesstag, nur wir beide. Was sagst du dazu?"

Lucy schnaufte genervt. „Ich mach echt drei Kreuze, wenn der Tag hier rum ist und Max mich als Nervenbündel immer noch will."

„Du bist gestresst. Das versteht er bestimmt. So ein Umzug ist ja auch stressig."

„Dabei ist es ja noch nicht mal ein ganzer Umzug."

Mara stieg die letzten Stufen hinab und stöhnte darüber, dass es in diesem Haus keinen Aufzug gab. Vorsichtig setzten sie die Kiste am Fuß der Treppe ab, wo sich schon etliche weitere stapelten.

„Also ich finde ja, Max hätte ruhig ein paar seiner Kumpels anheuern können, um uns mit den Kisten zu helfen."

„Das kommt dann, wenn ich richtig ausziehe."

Lucy machte eine kurze Pause, atmete tief ein und hörbar aus. Dann sagte sie vorsichtig, als liefe sie über Glas: „Ehrlich gesagt, habe ich ihn gebeten, nicht so viel Aufhebens drum zu machen, sonst stünden die hier schon

Spalier. Es ist ja auch keine große Sache. Erst mal nur zur Probe."

Aus Lucys Pferdeschwanz hatten sich ein paar Strähnen gelöst und hingen ihr in die verschwitzte Stirn. Sie strich sie mit einer energischen Geste weg und nahm einen Schluck aus der Wasserflasche, die sie bereitgestellt hatte. „Wenigstens gibt's bei Max einen Aufzug."

Mara betrachtete Lucy still und beneidete ihre Freundin insgeheim ein wenig um diesen Schritt, auch wenn sie ihr das nicht sagen würde, solange sie selbst noch damit haderte. Allerdings kam es für Mara ohnehin nicht infrage, so schnell mit Mark zusammenzuziehen. Sie hatte ihre Prinzipien. Sie wusste genau, was sie wollte, und was nicht. Sie wollte kein Zusammenleben auf Probe, keine Liebe auf Probe. Sie wollte nicht mit Unsicherheit und Zweifel lieben.

„Was ist mit dir und Mark? Kommt er später dazu?"

„Ich habe ihn gefragt. Er überlegt es sich. Er hat gerade ein wenig Stress auf der Arbeit und bei Lukas und Steffi läuft's grad auch nicht so rund. Lukas scheint ihn momentan ziemlich in Beschlag zu nehmen."

„Wollten die beiden nicht demnächst heiraten?"

„Ende Mai. Sie sind zusammengezogen, als ich Mark kennen gelernt habe. Wo wir wieder beim Thema Umzug wären. Lass uns das hier mal fertig machen, und die restlichen Kisten ins Auto bringen. Ich erzähle dir auf der Fahrt, was los ist."

„Klatsch und Tratsch mit Mara. Immer mit Vergnügen!" Mit Schwung riss Lucy die Kiste vom Boden. Für einen Augenblick dachte Mara schon, das war's. Das Geschirr ist hinüber. Doch die Pappkartonkiste hielt.

„Wozu nimmst du die ganzen Teller mit? Hat Max nicht genug Geschirr?"

„Keine Ahnung. Männer-Singlehaushalt. Wir haben uns bisher nicht über sein Geschirr unterhalten. Sicher ist sicher. Ich koche nun mal für mein Leben gern, und außerdem sind das meine Lieblingsteller."

In Maras Augen war das kein Argument. Wenn Lucy nach diesem Tag drei Kreuze machte, würde sie heute mindestens sechs Kreuze machen. Drei zusätzlich, sobald sie Lucy samt Kisten heil bei Max abgesetzt hatte.

Im Auto auf der Fahrt zu Max erzählte Mara Lucy von Lukas und Steffis Problemen. Sie verschwieg dabei ihr eigenes Liebesleid. Trotz der Intensivierung ihrer Beziehung blieb Mark ihr ein Rätsel. Teilweise meldete er sich Tage lang nicht bei ihr. Sie hatte sich daran gewöhnt, und auch daran, dass es nichts zu bedeuten hatte, weil er manchmal einfach Abstand brauchte. So war Mark eben. Trotzdem konnte sie Lucy, die gerade dabei war, den Abstand zu Max zu verringern, nichts von ihrem Distanzproblem erzählen. Vielleicht hatte Marks Reaktion einmal mehr mit Freiheit zu tun. Vielleicht engte sie ihn unbewusst ein?

„Torschlusspanik!?"

Lucy war ehrlich entrüstet. „Wenn ich Probleme damit habe, zu Mark zu ziehen und meine eigene Wohnung aufzugeben, okay. Ich will ihn ja auch nicht heiraten, und wir sind auch noch nicht so lange zusammen. Aber Lukas und Steffi? Die sind doch schon ewig ein Paar. Er hat ihr doch den Antrag gemacht, da kann er doch jetzt nicht kneifen. Die arme Steffi!"

Auch Mara war entrüstet gewesen, als Mark ihr davon erzählt hatte, fand aber schnell eine plausible Erklärung für Lukas Verhalten so kurz vor der Hochzeit. Steffi war schon so lange ein Teil von Lukas Leben, dass das Zusammensein mit ihr selbstverständlich geworden war. Jetzt, wo er dabei war, seiner Steffi das Jawort zu geben und die offengehaltene Hintertür endgültig zu schließen, dachte er zum ersten Mal seit langem über ihre Beziehung und ihr Zusammensein nach. Auf einmal fielen ihm tausend Gründe ein, warum er seiner Steffi kein ehrliches Ja geben konnte. Da war so vieles, das ihn störte. Sie war zu leichtsinnig, nahm die Dinge allzu oft auf die leichte Schulter, hatte keine Ahnung von Fußball, Zocken konnte man mit ihr auch nicht, sie ließ ihre Haare im Waschbecken liegen, obwohl sie wusste, dass er Haare im Waschbecken richtig eklig fand, und schnarchte leise im Schlaf. Sie beschwerte sich, wenn er abends zu viel Bier trank, wenn er die Chipstüte offen liegen ließ und die Krümel nicht vom Tisch wischte, und sie verlangte von ihm, Müsli, Obst und Salat zu essen, und regelmäßig Sport zu machen.

Als Mark ihr Lukas Liste der tausend Gründe aufgezählt hatte und dabei versucht hatte, den jämmerlichen Tonfall seines besten Kumpels zu imitieren, hatte Mara lachen müssen, nicht nur, weil sie sich Steffi schwerlich als Feldwebel vorstellen konnte, der ohne jede Gnade seine Befehle erteilte.

„Du solltest dich nicht über deinen Freund lustig machen. Er leidet wirklich, auf seine Art. Und wahrscheinlich wirst auch du eines Tages tausend Gründe finden, weshalb du nicht mit mir zusammen sein kannst."

Darauf hatte er nichts erwidert. Seine Miene war ernst geworden. „Ich denke nicht an die Zukunft, Mara. Das Jetzt zählt. Keine Ahnung, was morgen sein wird." Betretenes Schweigen. Wie sollte man sich ein gemeinsames Leben aufbauen, wenn man nicht an die Zukunft denken wollte? Er musste ihre Beklemmung gespürt haben, nahm sie in den Arm und küsste sie.

„Das wird schon wieder. Lukas hat gerade einen Rappel. Torschlusspanik. Er braucht ein bisschen Abstand, muss auf andere Gedanken kommen. Ich bin für ihn da, und mach das." Mara hob die Augenbrauen und runzelte zweifelnd die Stirn. Er lachte.

„Vertraust du meinen Fähigkeiten etwa nicht? Natürlich wird er am Traualtar neben seiner Steffi stehen und ihr mit tränenverheultem Gesicht den Ring überstreichen, sofern er vor lauter Tränen ihren Finger noch erkennen kann. Die beiden fiebern schon seit Monaten auf diese Hochzeit hin. Ich mache mir da keine Sorgen. Für Steffi soll es der schönste Tag ihres bisherigen Lebens werden. Sie hat sich diese Hochzeit so sehr gewünscht. Und was würde ich dafür geben, meine besten Freunde glücklich zu sehen?" Jetzt huschte ein Lächeln über Maras Gesicht. Mark wischte das Fragezeichen aus ihrer Stirn, strich ihr durchs Haar, strich mit den Fingern die Konturen ihres Gesichtes nach, den Hals hinunter, weiter über die Schulter den Arm hinab, und nahm dann ihre Hand.

„Du machst dir immer viel zu viele Gedanken. Ich kenne die beiden schon eine ganze Weile, und ich sage dir: Das wird."

Sie wusste selbst nicht, warum ihr der Streit der beiden so zu Herzen ging. Vielleicht weil ihr der Bund der

Ehe als Zeugnis der Liebe zweier Menschen füreinander heilig war. Sie hielt Marks Hand fest, spürte die rauen Stellen auf der Handfläche und die Kraft, die von ihr ausging. So konnte Mark auch sein: Liebevoll, zärtlich, ganz nah. Mark konnte ihr Mut machen und ihr Gedankenkarussell zum Stillstand bringen.

Die Hochzeit

An Tagen, an denen die Sonne scheint, da spürt man, dass die Herzen der Menschen mit dem Himmel verknüpft sind. Ein Anime-Spruch. In Japan, wo der Glaube an Götter und Naturgeister vorherrschte, Buddhismus und Shintoismus Hauptreligionen waren, war diese Aussage doch nicht so weit von ihrem eigenen Glauben entfernt. Auch sie glaubte daran, dass die Herzen der Menschen mit dem Himmel verbunden waren, weil Gott in jeden von ihnen einen Teil von sich selbst hineingelegt hatte. Alle Menschen waren Kinder Gottes und dadurch mit dem Himmel verbunden. Es war eine schöne Vorstellung, dass die Sonne am Himmel ihren Teil dazu beitrug, dass die Menschen glücklich waren. Und es war nachweislich so, dass Menschen an Sonnenscheintagen weniger depressiv waren. Die Sonne stimmte die Gemüter froh. An einem solchen Tag würden Lukas und Steffi also heiraten, an einem Tag, an dem die Sonne für sie schien.

Sie musste sich fertig machen. Mark würde sie gleich abholen. Er war Trauzeuge. Sie hatte sich für ein langes hellblaues, fließendes Kleid mit abgenähter Taille und Spaghettiträgern entschieden ohne große Schnörkel. Dazu ein dunkelblaues Jackett. Sie würde sich ihre Haare hochstecken, weil das die kleine Perlenkette um ihren Hals und die passenden Ohrringe dazu besser zur Geltung brachte. Sie hoffte, dass es Mark nicht peinlich war, dass ihr Kleid dieselbe Farbe hatte wie seine Fliege. Er würde vorne am Altar stehen, wenn die Trauzeugen aufgerufen wurden, und sie war heute an seiner Seite als seine Freundin.

Standesamtlich hatten Lukas und Steffi schon vor zwei Wochen nur im engsten Kreis der Familie geheiratet. Terminlich war es nicht anders gegangen, denn die Location, in der sie später nach der kirchlichen Trauung feiern würden, war den Rest des Jahres ausgebucht gewesen. Mara wusste, dass weder Lukas noch Steffi viel mit der Kirche am Hut hatten. Steffi war früher bei der katholischen Pfadfinderschaft gewesen und hatte die Mitgliedschaft ein paar Jahre durchgezogen, weil sie die gemeinsamen Reisen und Abenteuer liebte weniger wegen des Glaubens. Lukas kam aus einer katholischen Familie, der Tradition sehr wichtig war, auch wenn Eltern und Großeltern es nicht geschafft hatten, dass der Grundstein, den sie in ihren Jungen hineingelegt hatten, zum Eckstein geworden war. Lukas heutiges Wissen über die Kirche speiste sich größtenteils aus unheilvollen Medienberichten und negativen Schlagzeilen, auf die die Kirchenberichterstattung großer Sendeanstalten fokussierte, und dem geäußerten Unmut vieler über die Kirchensteuer.

In seiner typischen unbeschwerten etwas tollpatschigen Art hatte er Mara einmal anvertraut, dass er sich manchmal tatsächlich dabei ertappte, wie er betete, weil er schon glaubte, dass da etwas existierte, das nicht von dieser Welt war. So wie er es sagte, hörte es sich an, als sprach er von Außerirdischen. Mara hätte fast laut losgelacht, verkniff es sich aber, weil es ihm wirklich ernst zu sein schien. Jedenfalls war er dem Glauben an sich nicht abgeneigt, nur mit der Kirche als Institution konnte er wenig anfangen.

Doch genau diese Institution ermöglichte ihm und Steffi heute, sich in einer Kirche vor Gott das Jawort zu geben, dachte Mara nicht ohne Ironie, als sie einen letzten prüfenden Blick in den Spiegel warf. Gleich musste Mark klingeln.

Er konnte die Augen nicht von ihr abwenden, als sie vor ihm ins Auto stieg. Auf der Fahrt musste er sich konzentrieren, den Blick auf der Fahrbahn zu behalten.

„Und du findest es wirklich nicht komisch, dass mein Kleid genauso hellblau ist wie deine Fliege?"

„Du meinst, weil die anderen Gäste uns darauf ansprechen könnten? Du solltest wissen, dass mir die Meinung der anderen egal ist. Ich finde dein hellblaues Kleid wundervoll."

Sie waren früher dran als die meisten anderen geladenen Gäste. Weil Mark noch mit Lukas sprechen wollte und letzte Vorbereitungen getroffen werden mussten, setzte er Mara schon einmal vor der Kirche ab und fuhr dann weiter zum Gasthaus, in dem die anschließende Feier stattfand.

Mara war aufgeregt. Sie war froh, dass Lucy zusammen mit Max kam. Ohne Lucy wäre sie verloren. Sie atmete die frische Frühlingsluft, die fast schon etwas Frühsommerliches hatte, und genoss das sanfte Vogelgezwit-

scher, die Ruhe vor dem Sturm. Auch andere Hochzeitsgäste waren schon da, wie sie anhand von Kleidung,
Make-Up und Frisuren schloss. Vereinzelt flanierten einige über den Kirchplatz, wahrscheinlich um sich vor der
Trauung noch ein wenig die Beine zu vertreten, andere
saßen auf den Bänken in der Sonne und unterhielten sich.
Sie kannte niemanden, und verhielt sich so unauffällig
wie möglich, weil sie keine Lust auf Smalltalk hatte.

Wie viele wohl kamen? Sie schaute auf die Uhr und
beschloss, nicht länger hier draußen auf Mark zu warten,
sondern in die Kirche zu gehen und sich ihren Platz zu
suchen. Soweit sie wusste, gab es Gästekärtchen an den
Bänken, wo Familie, Freunde, Trauzeugen, Musiker, Fotograf etc. saßen. Es war still in der Kirche und angenehm
kühl. Der typische Kirchengeruch hing in der Luft, ein
Gemisch aus steinerner Feuchtigkeit, abgestandenem
Weihrauch der vergangenen Messfeiern und altehrwürdi-
ger Erhabenheit. Irgendwo darüber breitete sich der zarte
Duft der unzähligen Rosen, die Bänke und Altarraum
schmückten. Es war einer jener Momente, die sie am
liebsten konserviert hätte. Sie saß ganz still, schloss die
Augen und wartete, bis allmählich die anderen Gäste ein-
trudelten.

So lange bereitete man sich auf diesen einen Moment vor,
und dann war der Moment so schnell vorbei wie jeder
andere. Die Erinnerung daran wurde zum Gedächtnisin-
halt vermischt mit anderen Gedächtnisinhalten. Was
blieb war ein Foto, das den Moment festhielt, aber nicht

die Gefühle und Emotionen und Gedanken, die den beiden Menschen auf dem Foto in diesem Moment durch und durch gegangen waren.

Sie sah Steffi, der Tränen in den Augen standen, und Lukas, der sich tapfer bemühte, nicht vor Rührung zu weinen, dessen Hände aber unübersehbar zitterten, als er seiner Steffi den Ring über den Finger streifte. Sie sah die Verbundenheit der beiden und das Glück in ihren Augen, als sie sich küssten. Der Kuss, der das JA, das sie sich gegeben hatten, besiegelte. Sie musste schlucken und hatte selbst mit den Tränen zu kämpfen. Mark stand neben ihr und wich nicht von ihrer Seite. Er drückte ihre Hand. Sie sah Lucy, die sich in ihrem dunkelroten, enganliegenden Samtkleid ein paar Reihen weiter hinten neben Max gerade mit einem Taschentuch vorsichtig über die Augen tupfte, ehe sie sich geräuschvoll schnäuzte. Der Pfarrer räusperte sich und las dann die typische Hochzeitslesung, die berühmte Stelle aus dem Hohelied der Liebe, Korinther 1,13, ehe er noch ein paar persönliche Worte an das Brautpaar richtete:

[...] Die Liebe ist langmütig, die Liebe ist gütig. Sie ereifert sich nicht, sie prahlt nicht, sie bläht sich nicht auf. Sie handelt nicht ungehörig, sucht nicht ihren Vorteil, lässt sich nicht zum Zorn reizen, trägt das Böse nicht nach. Sie freut sich nicht über das Unrecht, sondern freut sich an der Wahrheit. Sie erträgt alles, glaubt alles, hofft alles, hält allem stand. Die Liebe hört niemals auf.

Die Liebe hört niemals auf. Mara musste unwillkürlich an Mark denken.

Beim Verlassen der Kirche standen die Hochzeitsgäste Schlange, um dem frisch getrauten Brautpaar zu gratulieren. Steffis Kleid war atemberaubend und musste ein Vermögen gekostet haben, Haare und Make-Up die Arbeit von Stunden gewesen sein. Auch Lukas sah in seinem Anzug wie ein anderer Mensch aus. Seine sonst etwas zottelig in alle Richtungen stehenden Haare waren ordentlich gelegt. Glattrasiert ohne Dreitagebart hatte sein Gesicht etwas Weiches, leicht Verträumtes. Die beiden sahen gut zusammen aus. Es war ihr Tag, und das konnten alle Anwesenden sehen und spüren. Mara fiel den beiden um den Hals vor Freude. Sie konnte gar nichts sagen, weil sie schon wieder mit den Tränen kämpfte, so gerührt war sie, das Glück der beiden mitanzusehen.

„Wahnsinn, oder? Steffis Kleid ist ein Traum in Weiß! So schön!" Lucy war überwältigt. Mara zwinkerte ihr zu. „Schon alleine deswegen lohnt es sich doch zu heiraten, oder?" Sie konnte sich den Spruch nicht verkneifen und stupste ihre Freundin in die Seite. Dann wurden sie schon weitergezogen, und mussten Aufstellung für das Gruppenfoto nehmen. Gewusel und Chaos, bis jeder seinen Platz gefunden hatte. Mara hielt nach Mark Ausschau. „Ich bin da. Ich bin hinter dir!" Sie hörte seine Stimme an ihrem Ohr und spürte seine Hände auf ihrer Taille. Und das war ihr schönster Moment an diesem Tag.

Es war eine Hochzeit wie aus dem Bilderbuch. Für Maras Geschmack fast ein bisschen zu viel Bilderbuchhochzeit. Sie fragte sich, was Mark wohl dachte. Sie war bis jetzt kaum dazu gekommen, mehr als drei Worte mit ihm zu wechseln. Er war ständig beschäftigt. Als Trauzeuge hatte er heute mehr Stress als der Bräutigam. Für die Frau seines besten Freundes musste alles perfekt sein. Es gab weiße Tauben, eine Fotobox, ein Gästebuch zum Eintragen, eine dreistöckige Hochzeitstorte und viel zu viel zu essen und zu trinken. Die peinlichen Spiele blieben auch nicht aus. Mara verlor die Reise nach Jerusalem und musste jetzt für eine weitere unvergessliche Erinnerung im Leben von Lukas und Steffi sorgen. Freundinnen und Cousinen von Steffi hatten außerdem eine Diashow mit Gesangseinlagen vorbereitet, die gemeinsame Erlebnisse vom Kennenlernen bis zur Hochzeit der beiden beinhalteten.

Sie saß mit Lucy, Max und einem anderen Pärchen am Tisch und genoss den Trubel. Sie hätte nicht gedacht, dass sie sich so wohl fühlen würde. Lukas und Steffi sahen mittlerweile auch so aus, als würden sie den Tag einfach nur noch genießen. Es lief. Sie konnten sich entspannt zurücklehnen. Kein Eklat, keine verpatzte Hochzeitstorte, das Catering stimmte, kein Streit unter den Gästen. Die waren guter Stimmung und die ersten Gäste sogar schon so guter Stimmung, dass sie das Parkett eröffneten. Der Hochzeitstanz stand an. Lukas und Steffi bezogen Position, der Fotograf stand auch bereit und die Videokamera lief. Es wurde still im Saal.

Plötzlich klingelte ein Handy mitten in diese erwartungsvolle Stille hinein. Alle schauten sich verdutzt um, einige verärgert. Welcher Störenfried konnte es wagen? Alle Augen waren auf Mara gerichtet. Sie lief puterrot an, als sie registrierte, dass das Klingeln aus ihrer Tasche kam. Mist! Sie blickte entschuldigend drein, konnte die

Peinlichkeit aber nicht rückgängig machen, zudem es dann noch eine Weile dauerte, bis sie ihr Handy aus den Tiefen ihrer Tasche gekramt und endlich nachsehen konnte, wer da ausgerechnet jetzt störte.

Es war ihre Mutter. Sie hatte ihr doch erzählt, dass sie heute auf der Hochzeit war. Rangehen oder wegwischen? „Sorry." Mara nickte entschuldigend mit dem Kopf und lächelte unsicher in die Runde, nahm dann schnell ihr Telefon und ging so leise sie konnte aus dem Raum, was sowieso schon egal war. Die Störung war passiert. Mark warf ihr noch einen fragenden Blick hinterher. Sie zuckte nur mit den Achseln.

Der Anruf ihrer Mutter veränderte alles. Wenn sie später nach dem Wendepunkt in ihrer Geschichte suchte, dann war es dieser Anruf, bei dem sie hängen blieb. Natürlich wusste sie, dass es blödsinnig war, das Gewesene an einem bestimmten Punkt festmachen zu wollen, Gründe und Ursachen gab es viele, aber es war tröstlich. So konnte sie die darauf folgenden Ereignisse besser rekonstruieren.

„Mama, ich bin auf der Hochzeit, das weißt du doch!" Sie hörte den ärgerlichen Tonfall in ihrer Stimme, im selben Moment tat es ihr leid. Sie nahm ein leises Schluchzen auf der anderen Seite der Leitung wahr.

„Dein Vater ist im Krankenhaus. Er liegt auf der Intensivstation. Die Ärzte wissen nicht, ob er die Nacht überlebt." Die Worte gingen durch Mark und Bein. Mara spürte ihre Knie weich werden. Sie lehnte sich gegen die Wand.

Es vergingen Minuten, vielleicht auch nur Sekunden, bis Mark in den Vorraum kam, um nach ihr zu sehen. Er merkte sofort, dass etwas nicht stimmte. Mara war kreidebleich.

„Ich muss nach Hause. Ich muss zu meinen Eltern. Ich muss ins Krankenhaus. Meinem Vater geht's nicht gut." Sie versuchte, zusammenhängende Sätze zu formulieren und gleichzeitig zu bedenken, was sie als nächstes zu tun hatte. Sie brauchte ein Auto. Ein Taxi. Ihre Sachen. Von drinnen tönte Musik. Der Hochzeitstanz hatte begonnen. Mark stand da und sah sie verwirrt an.

„Kannst du mich fahren?"

„Wohin? Was ist los?"

„Mein Vater liegt im Krankenhaus. Sie wissen nicht, ob er die Nacht überlebt", wiederholte sie die Worte ihrer Mutter. Marks Verwirrung wich Erstaunen, dann Entsetzen. Aber da war noch etwas anderes.

Er rührte sich nicht. Mara sah ihn erwartungsvoll an. Keine Reaktion. Er war Trauzeuge, das war die Hochzeit seines besten Freundes, was erwartete sie da von ihm? Er kannte ihre Familie nicht, nur was sie ihm von ihr erzählt hatte. Sie hatte keine Zeit, sich Gedanken zu machen, ließ ihn stehen, rief ein Taxi, hatte Glück, das Taxi war in zehn Minuten da, ging zurück in den Saal und holte ihre Sachen. Niemand bemerkte sie. Alle Augen waren auf das tanzende Brautpaar gerichtet. Lucy würde sie später schreiben, was los war. Mark stand immer noch wie angewurzelt da, als sie sich ihr Jackett überzog und die Tür nach draußen öffnete. Er hatte sich nicht von der Stelle gerührt. „Ich muss los! Es tut mir leid. Du kommst nicht mit?" Fragte sie ihn noch einmal, obwohl sie die Antwort bereits kannte. Er begleitete sie noch nach draußen, sagte aber kein Wort. Kurz bevor sie ins Taxi stieg, drehte sie sich noch einmal nach ihm um. „Ich melde mich." Sie schloss die Beifahrertür, das Taxi fuhr los. Im Rückspiegel sah sie noch einmal sein Gesicht. Den Ausdruck in seinen Augen konnte sie nicht deuten.

Alles anders

Sie hatten zusammen Ostern gefeiert, das Fest der Auferstehung, des neuen Lebens. Es war das letzte Mal gewesen, dass sie ihre Eltern besucht hatte. Und jetzt lag ihr Vater im Krankenhaus. Er hatte einen Schlaganfall gehabt. Anfangs sah es nicht gut aus, die Ärzte mussten ihn künstlich beatmen, niemand wusste, was sein würde, ob er wieder aufwachte und wenn ja, wie. Es war eine Zeit des Bangens, des Hoffens, der Sorge, des Zweifelns, des Familienzusammenhalts. Jeden Tag betete sie, dass es gut werden würde, dass sie noch eine Chance bekam, ihrem Vater zu sagen, dass sie ihn liebte. Gott war gnädig. Ihr Vater erwachte und war zum Erstaunen der Ärzte kaum beeinträchtigt. Er trug keine schweren Hirn-Schädigungen davon. Lediglich die Motorik seiner linken Körperhälfte und das Sprachzentrum waren betroffen, was aber, wie der Arzt ihnen mitteilte, mit einer anständigen Reha in den Griff zu kriegen wäre. Ihr Vater würde wieder gesund, wenn auch nicht ganz der Alte. Mara war dankbar, hatte aber das Gefühl in den letzten Tagen und Wochen um zehn Jahre gealtert zu sein. Lucy erwies sich mal wieder als echte beste Freundin, und hörte sich ihre Sorgen an, so oft Mara sie loswerden musste, ging mit ihr shoppen, ins Kino, was trinken, versuchte sie in dieser Zeit abzulenken und auf andere Gedanken zu bringen. Sie wusste wertzuschätzen, was Lucy für sie tat, dennoch hätte sie sich in all der Zeit eigentlich nur einen an ihrer Seite gewünscht, und das war Mark.

Sie war ein paar Tage nach der Hochzeit bei Lukas und Steffi vorbeigekommen, um sich für die Feier zu bedanken und sich für ihr grußloses Verschwinden zu entschuldigen. Sie saßen im Wohnzimmer. Steffi hantierte in der Küche und ließ die beiden in Ruhe reden.

„Ja, richtig krass, das mit deinem Vater. Ich hab's von Mark erfahren. Er war fix und alle."

„Was?" Mara sah ihn ungläubig an. Lukas wich ihrem Blick aus. Mark hatte sich nicht bei ihr gemeldet, nachdem sie ins Taxi gestiegen war. Er hatte sich auch später nicht bei ihr gemeldet und ließ Tage danach noch immer nichts von sich hören. Er war von der Bildfläche verschwunden.

„Du weißt es nicht?" Lukas war überrascht.

„Was weiß ich nicht?" Sie wusste, dass sie Mark erst seit gut einem halben Jahr kannte und bei weitem nicht so gut kannte, wie Lukas ihn kannte. Sie wusste, dass Mark ihr gegenüber manchmal verschlossen war, ihr nicht alles erzählte, aber das musste Lukas ihr nicht so und schon gar nicht jetzt auf die Nase binden.

„Er hat mit dir nie über seine Familie gesprochen?"

„Nein", sagte sie tonlos. Sie begriff, dass es nicht Lukas Absicht war, sie vor den Kopf zu stoßen. Er hatte wirklich gedacht, Mark hätte mit ihr gesprochen.

„Ich weiß auch nicht alles. Ich glaube, der Unfall von deinem Vater hat da etwas wachgerüttelt. Mark hatte es nicht so leicht früher."

„Was soll das heißen? Wir alle haben doch irgendwie unsere Probleme. Familie sucht man sich nun mal nicht aus." Sie konnte nicht verhindern, dass sie nach wie vor eine Stinkwut auf Mark hatte, und wusste, dass das, was sie sagte, nicht fair war. Im Grunde verstand sie ganz genau, was Lukas ihr zu sagen versuchte. Mark hatte wohl eine Scheißkindheit gehabt. Entschuldigte das aber sein Verhalten ihr gegenüber? Auch ihre Kindheit war nicht immer leicht gewesen. Warum hatte er nichts gesagt?

„Tut mir leid." Lukas sah betreten zu Boden. „Mark war schon immer so. Er hat noch nie eine feste Beziehung gehabt. Manchmal ist er unberechenbar, braucht seinen Freiraum, muss auf Abstand gehen."

Sie wusste nicht, was sie sagen sollte. Sie wünschte sich, nicht Lukas, sondern Mark hätte ihr das alles erzählt. Lukas sah den Schmerz in ihren Augen. „Er liebt dich, Mara. Er wird sich melden."

Sie hatte vorgehabt, mit den beiden zu Abend zu essen. Doch nach Lukas Offenbarung brauchte sie ein wenig Zeit für sich. Untergetaucht. Mark war einfach untergetaucht, weil er Probleme hatte, mit denen er nicht klarkam. Sie war seine Freundin. Sie sollte ihm vertrauen können. Er sollte ihr vertrauen. Gerade, wenn er sie liebte. Woher wusste Lukas, dass Mark sie liebte? Er hatte ihr noch nie „ich liebe dich" gesagt. Sie hatte es hingenommen, weil das, was sie verband, über Worte hinausging, sich nicht in Sprache manifestieren ließ.

Jetzt stand sie da, und fragte sich mit den Worten von Erich Fried: War es am Ende doch unsinnig, unglücklich, schmerzvoll, aussichtslos, zu lieben? War es lächerlich, leichtsinnig, unmöglich? War es das? Es war nicht immer einfach, es gab schwere Zeiten wie diese. Und doch ist es nicht unsinnig, unglücklich, schmerzvoll, aussichtslos, lächerlich, leichtsinnig oder unmöglich, zu lieben. Es ist eben, was es ist. Und die Liebe hört niemals auf.

Leichter Nieselregen hatte eingesetzt, als sie aus dem Haus trat. Sie hatte keinen Schirm dabei. Sie hätte zurückgehen und sich von Lukas und Steffi einen borgen können, aber sie wollte nicht. Wenn sie weinen musste, würde der Regen die Spuren ihrer Tränen verwischen. Sie betrachtete ihr Spiegelbild im Schaufenster eines Ladens. Sie sah furchtbar aus. Ihre nassen, strähnigen Haare, die eingefallenen Wangen, der leere Blick. So sah sie sich in diesem Moment, und verstand die Welt nicht mehr. Sie blieb stehen und schaute, trat noch näher an die Scheibe, aber es half nichts. Sie erkannte die unglückliche junge Frau im Spiegel einfach nicht wieder.

„Als ich ein Kind war, redete ich wie ein Kind, dachte wie ein Kind und urteilte wie ein Kind. Als ich ein Mann wurde, legte ich ab, was Kind an mir war. Jetzt schauen wir in einen Spiegel und sehen nur rätselhafte Umrisse, dann aber schauen wir von Angesicht zu Angesicht. Jetzt ist mein Erkennen Stückwerk, dann aber werde ich durch und durch erkennen, so wie ich auch durch und durch erkannt worden bin. Für jetzt bleiben Glaube, Hoffnung, Liebe, diese drei; doch am größten unter ihnen ist die Liebe."

(1. Kor, 13,11-13)

Im Sommer:
Ein wenig Dottergelb

Sofageflüster

Sie hatte kaum bemerkt, dass es Sommer geworden war.

„Also was sagst du? Die Farbe ist doch der Hammer!" Lucy war ganz aus dem Häuschen, und blieb entzückt vor dem Sofa stehen. Sie und Max hatten nun doch beschlossen, ganz zusammenzuziehen. Scheinbar hatte Max die Probezeit bestanden.

„Ist das Safrangelb?"

„Dottergelb! Sieht bestimmt Wahnsinn aus in einer schlichten Einrichtung. Ein richtiger Eyecatcher!"

Sie waren im Möbelhaus. Lucy wollte sich die Möbel unbedingt vor Ort anschauen, weil sie meinte, dass die Farben online nie so wirkten wie in echt, womit sie bestimmt Recht hatte. Trotzdem hätte sich Mara an diesem sonnigen Tag weit schönere Beschäftigungen vorstellen können als einen Bummel durch ein Einrichtungsgeschäft. Sie war am Ende nur mitgekommen, um ihre Freundin vor einem schlimmen Fehlkauf zu bewahren.

„Und was sagt Max dazu? Ist doch seine Wohnung, in die du da einziehst."

„Der hat nichts zu melden. Wenn ich schon bei ihm einziehe, darf ich auch ein wenig umgestalten. Das hat er mir zugesagt."

Mara war sich nicht sicher, ob in Max Definition von „ein wenig umgestalten" auch ein dottergelbes Sofa eingeschlossen war, das seine geliebte dunkelbraune Vintage-Ledercouch ersetzen sollte.

Es war Sommer geworden und sie hatte es kaum bemerkt. Es war richtig warm geworden, sogar die Freibäder hatten schon seit einer Weile geöffnet.

Sie war oft an den Wochenenden bei ihrem Vater und besuchte ihn in der Rehaklinik. So oft wie in letzter Zeit hatte sie ihre Familie das ganze letzte Jahr über nicht gesehen. Ihr war bewusst geworden, wie viel ihre Familie ihr bedeutete. Sie beobachtete ihren Vater dabei, wie er sich zurück in sein gewohntes Leben kämpfte, wo doch nichts mehr wie gewohnt sein würde. „Vielleicht musste es so kommen, damit ich jetzt noch im Alter begreife, wie wichtig die Gegenwart ist. Vor lauter leben und erleben wollen habe ich manchmal vergessen, einfach zu sein, und für mich, für euch, für andere da zu sein. Ich habe den Sinn aus den Augen verloren." Sagte er einmal zu ihr. Mara musste viel über diese Sätze nachdenken und beobachtete die Menschen in der Bahn, auf den Straßen, in den Restaurants und Biergärten. Alle waren immerzu mit irgendetwas beschäftigt, dabei sich abzulenken oder ablenken zu lassen auf ihrer Suche nach dem Wozu.

Die Schnelllebigkeit der Welt mit all ihren Informationsangeboten und tausenden Möglichkeiten machte es ihnen leicht, sich nicht mit sich selbst und den eigenen Ängsten konfrontieren zu müssen. Dem gegenüber stand ein fast schon unmögliches Streben nach Individualität, eine Suche nach Identität, die einem kein Außen auferlegen sollte, die man letztlich in sich selbst zu finden suchte, was aber aufgrund der ganzen Ablenkung nicht gelang. Wie sollte man sich selbst finden, wenn man sich nicht mit sich selbst konfrontieren wollte? Das Selbst verlangte nach einem höheren Sinn, an dem es sich ausrichten konnte.

Ihr eigenes Verhalten hielt die Menschen davon ab, sich selbst zu finden, weil es sie daran hinderte, sich Zeit zu nehmen, nach diesem höheren Sinn ihres Daseins zu fragen und zu suchen. So kreisten sie zwar immerzu um sich selbst, ohne aber wirklich bei sich selbst anzukommen. Sie hören nicht mehr hin, nehmen sich keine Zeit mehr für die Fragen des Lebens. Sie sorgen sich um die Zukunft, leben in der Vergangenheit, denn früher war alles besser, statt jegliche Ängste und Sorgen loszulassen und sich auf den Augenblick zu konzentrieren.

Wir leben nur einmal in dieser Welt mit all den Möglichkeiten, den Formen und Farben, die sie bietet. In einer Welt mit dottergelben Sofas.

Mara blinzelte und blickte sich um.

„Ich nehme es!" Verkündete Lucy stolz, als hielte sie einen Goldschatz in Händen. Immerhin, die Farbe war ähnlich. Mara seufzte. Wenigstens kamen sie jetzt hier raus. Und was Max dazu sagen würde, das war am Ende Lucys Sache, nicht ihre.

„Ich kann's immer noch nicht richtig fassen, dass ihr tatsächlich zusammenzieht. Du hast dich verändert, weißt du das?"

„Na, ich hoffe doch zum Guten!" Dann wurde Lucy ernst. „Ich hätte es selbst nicht für möglich gehalten. Das machen Beziehungen mit uns. Sie verändern. Du hast dich auch verändert, Mara." Sie hakte sich bei ihrer besten Freundin unter und grinste wieder. „Ich freu mich, dass du und Mark die Kurve gekriegt habt. Ich dachte schon, ich müsste dich den Rest des Jahres mit ganz viel heißer Schokolade, Gummibärchen, selbstgebackenen Muffins und Lucy-Ablenkungsmanövern wieder aufpäppeln."

„Damit ich dann am Ende auch noch kugelrund werde!"

„Naja, du weißt doch: Sport ist Mord!" Liebeskummer manchmal auch, dachte Mara, sagte es aber nicht. Sie wollte Lucys gute Laune nicht verderben. Der Sommer begann für sie also mit einem dottergelben Sofa.

Umzug

Mark war plötzlich wieder aufgetaucht. Eines Abends stand er vor ihrer Tür. Völlig durchnässt. Es regnete in Strömen. Eine richtige Sintflut. Er musste gelaufen sein und war nass bis auf die Knochen.

„Darf ich reinkommen?"

Sie wusste nicht, was sie sagen sollte. Sie hatte nicht damit gerechnet, dass er einfach bei ihr aufkreuzen würde. Vermutlich hätte es ihn nicht überrascht, wenn sie ihm einfach die Tür vor der Nase zugeknallt hätte.

Fast rechnete er mit einer solchen Reaktion. Das, was er getan oder besser unterlassen hatte, war in seinen Augen unentschuldbar, kindisch, unreif gewesen. Er war gekommen, nicht um nach Ausflüchten zu suchen, nach Entschuldigungen, alles wieder gut zu machen, weil er wusste, dass es nicht wieder gut zu machen war, sondern, um ihr in die Augen zu schauen. Er wollte in ihren Augen sehen, ob er noch eine Chance hatte oder ob es für Erklärungen zu spät war.

„Du siehst fertig aus." Sie trat ein Stück zur Seite und ließ ihn rein. Während er im Bad seine nassen Sachen auszog, sich trocknete und föhnte, kochte sie in der Küche Kaffee für ihn, stark und schwarz, mit viel Zucker. Er sah aus wie ein Halbtoter. Als er aus dem Bad kam, hatte er nur ein Handtuch um die Hüften.

„Tut mir leid, ich würde dir gerne was von meinen Sachen leihen, aber ich fürchte, die passen dir nicht."

Sie reichte ihm den heißen Kaffee und betrachtete seine Muskeln, seine drahtige Gestalt, sah die Narben an seinem Oberkörper, als er vorsichtig die Tasse entgegennahm und daran nippte. Schnell wandte sie den Blick ab.

„Mir tut es leid, Mara." Sie standen sich in der Küche gegenüber, die Sekunden vergingen, sie schauten einander an. Sie sagten sich still, was sie in diesem Augenblick nicht laut aussprechen konnten, was in diesem Augenblick keines Ausdrucks bedurfte. Sie rangen mit sich und miteinander. Schließlich trat Mara auf ihn zu, nahm ihm die Tasse aus der Hand, umarmte ihn, und legte alles, was sie sagen wollte, in diese drei Worte, über die sie so viel nachgedacht, die sie so lange gesucht und endlich gefunden hatte: „Ich liebe dich."

Später saßen sie auf der Couch und unterhielten sich lange. Es gab Dinge in Marks Leben, über die er nicht sprechen konnte, mit denen er kämpfte, die ihn nicht losließen. Er war Mara dankbar dafür, dass sie ihm keine Fragen stellte, ihn nicht drängte. Die Dämonen der Vergangenheit würden ihn immer wieder einholen. Er wusste, dass es nicht vorbei war, aber er war bereit, ihnen entgegenzutreten. Für Mara.

„Ich würde gerne mit dir zusammen deinen Vater in der Klinik besuchen, wenn das okay für dich ist." Es ist, was es ist, sagt die Liebe.

„Vorsicht, die Tischkante!"

Lucy fuchtelte wild mit den Händen und wies den fleißigen Helfern die Richtung. Es war Umzugszeit. Max stand mit Mara am Tresen, der als Raumteiler zwischen offener Küche und Wohnzimmer fungierte, und beobachtete das Schauspiel amüsiert.

„Du findest das komisch?"

„Nein, ich finde Lucy verdammt sexy, wenn sie so wild gestikuliert."

Mara verdrehte die Augen. Max grinste süffisant.

„Ich hab noch was gut bei ihr. Wegen des Sofas. Sie hat mir gesagt, dass es ein wenig dottergelb sei. Es ist ein wenig sehr dottergelb, und ich hasse Eier."

Mara verstand, was er meinte. Das Sofa thronte in der Mitte des Raumes auf einem runden weißen Teppich. Es sah in der Tat aus wie ein übergroßes Spiegelei, das sich ein Riese dort gebraten hatte. Das Lachen der beiden wurde von Marks Stimme unterbrochen.

„Die Pizza ist da!"

Lucy, Max, Mara, Mark, Steffi, Lukas und die anderen, die zum Helfen gekommen waren, saßen in fröhlicher Runde auf der Dachterrasse, die zu Max Loft gehörte, und genossen Pizza, kalte Getränke und die Sonne. Es war ein heißer Sommertag. Später, wenn die Möbel und Kisten und Tüten und Taschen mit dem Rest von Lucys Hab und Gut an Ort und Stelle platziert waren, würden sie noch zum See fahren und diesen Tag mit einer kleinen Umzugsparty im Grünen ausklingen lassen.

Einmal zog Lukas Mara kurz zur Seite, als die anderen gerade in eigene Gespräche vertieft waren, und flüsterte ihr mit einem Kopfnicken in Richtung Mark zu: „Er ist wie ausgewechselt. Was hast du gemacht? So locker und fröhlich hab ich ihn lange nicht erlebt."

Sie wusste, was er meinte. Wenn sie an die Zeit zurückdachte, als sie sich kennengelernt hatten, lagen zwischen dem Mark und diesem hier Welten. Sie hätte jetzt mit Lucys Worten antworten können: „Das machen Beziehungen mit uns. Sie verändern." Sie war sich jedoch nicht sicher, ob es wirklich so einfach war. Mark war immer noch Mark. Er hatte zugelassen, dass sie sich näherkamen, hatte die Oberfläche ein wenig aufgebrochen. Bis dahin war es ein harter Weg gewesen, für sie beide.

Was würde Mark sie noch sehen lassen? Sie bezweifelte, dass er sie jemals in seine Tiefen mitnehmen würde, in die Abgründe hinein. Aber so wie es war, war es gut für den Moment. Sie liebten sich jetzt, hier, in diesem Augenblick.

Wüstentage

Je höher er kam, desto heller wurde es. Er konnte die Oberfläche sehen. Seine Schwimmzüge wurden kräftiger. Er jubelte innerlich. Gleich würden seine Handflächen die Wasseroberfläche durchbrechen. Licht. Luft. Er machte einen letzten kräftigen Beinschlag und streckte den Arm aus, fühlte alle Luft weichen, bereit, seine brennenden Lungen gleich mit frischer Luft zu füllen, gierig wie ein Ertrinkender. Sah das Licht. Fühlte die Luft. Er stieß nach vorne, öffnete den Mund, und bekam keine Luft! Wasser. Er atmete Wasser. Wo war die Oberfläche? Mit einem Ruck wurde er nach unten gezogen, zurück in die Tiefe, weg vom Licht, der Luft, seinem Lebenselixier. Er japste reflexartig, immer und immer wieder, seine Lungen füllten sich mehr und mehr, schrien gierig nach Luft, er gab ihnen Wasser. Sie schrien und lechzten, um ihn wurde es dunkler und dunkler. Schwarz.

Ein stummer Schrei. Er erschrak. Fuhr hoch. Saß. Schweißgebadet. Sein Herz pumpte rasend, der Atem ging stoßweise, als hätte er gerade wirklich einen Überlebenskampf hinter sich. Er griff sich an die Brust. Sah sich um. Weiße Bettlaken. Dünne Vorhänge bauschten sich vor dem geöffneten Fenster in der morgendlichen Brise. Er saß im Bett. Hatte geträumt. Er atmete, langsam, ruhig. Beruhigte sein Herz. Ein Traum. Er schaute sich noch einmal um. Sah den Spiegel gegenüber vom Bett, sein verzerrtes Gesicht. Er lehnte sich zurück. Versuchte, sich zu entspannen. Er hörte Meeresrauschen. Und langsam erinnerte er sich.

Sie saß unter einem Sonnenschirm und spielte mit dem Sand, ließ die feinen Körnchen von einer Hand in die andere rieseln, bis kein Sand mehr zurückblieb, nur feiner Staub, den sie am Strandtuch abklopfte. Abrupt drehte sie sich um. „Wie lange stehst du schon da und beobachtest mich?"

„Ich bin eben erst gekommen." Manchmal wunderte er sich darüber, was sie wahrnahm. Er hatte keinen Laut von sich gegeben und doch musste sie seine Anwesenheit gespürt haben. „Du hast noch geschlafen. Ich wollte dich nicht wecken."

Er schaute sich um, blickte kurz aufs Meer, und kam dann zu ihr. „Das ist unser letzter Tag heute." Der letzte Tag am Meer. Er war froh. Er hatte genug vom Wasser. Bis in seine Träume verfolgte es ihn. Warum träumte er wieder vom Ertrinken? Als Kind und Jugendlicher hatte er diese Träume oft gehabt, als junger Erwachsener seltener, jetzt schon seit Jahren nicht mehr, bis sie beschlossen hatten, gemeinsam ans Meer zu fahren. Ihre erste richtige Urlaubsreise zu zweit. Und die Träume waren wieder da.

„Was ist, Mark? Du sagst gar nichts. Hast du nicht gut geschlafen?" Er strich ihr eine verirrte Haarsträhne aus dem Gesicht. „Alles gut. Ich werde die Tage am Meer vermissen." Sie küssten sich. Zuhause war Sommer. Zuhause war es heiß. Auch hier war es heiß, aber das Meer sorgte für eine angenehme Frische in der Luft. Die würde er gerne mit nach Hause nehmen zurück in den Alltag. Das Meer nicht. Er hoffte, es ließ ihn wieder in Ruhe. Es war ihm gut gegangen in letzter Zeit. Richtig gut. Er hatte sich auf Mara konzentriert, auf ihr Lächeln und ihre Art, die Dinge positiv zu sehen, und vertrauensvoll durchs Leben zu gehen.

Der Schlaganfall ihres Vaters und der anschließende Genesungsprozess hatten ihr zu schaffen gemacht. Es war keine einfache Zeit gewesen. Sie hatte sich viel gesorgt: Um ihren Vater, um ihre Mutter, auch um ihn. Sie hatten ihren Vater gemeinsam besucht. Unter widrigen Umständen lernte er ihre Eltern kennen. Es war ihm wichtig gewesen, weil er wusste, wie viel es ihr bedeutete. Er wollte Mara entgegenkommen. Und jetzt saßen sie hier gemeinsam am Strand und hörten dem Rauschen der Brandung zu.

„Auch nicht einfach nur sandfarben, der Sand hier. Trotzdem ganz anders als in der Wüste", sagte sie gedankenverloren. Sie grub ihre Zehen in den heißen Sand, so tief, dass es angenehm kühl wurde und betrachtete fasziniert die feinen vom Meerwasser abgeschliffenen Sandkörnchen. *Wie kostbar sind mir deine Gedanken, Gott! Wie gewaltig ist ihre Summe! Wollte ich sie zählen, sie sind zahlreicher als der Sand. Ich erwache und noch immer bin ich bei dir.* Psalm 139 war ihr Lieblingspsalm. Als Geschöpfe Gottes waren sie von Anfang an eingewoben in den Plan seiner Liebe, ein großes Geheimnis und so viel Dankbarkeit in wenige bildreiche Worte verpackt.

Er betrachtete die abertausend Sandkörnchen um sie herum, versuchte sich die Farben vorzustellen, von denen sie sprach. Sie war begeistert von den unterschiedlichen Farben des Wüstensands, weil sie früher dachte, Sand sei einfach nur sandfarben. Die Wüste hatte sie eines besseren belehrt. Sie drehte sich zu ihm.

„Bist du glücklich?"

„Warum fragst du?"

„Einfach so."

Er hörte das Meer, die Möwen, den Wind. Da war keine Stimme in ihm, die jubelte. Er spürte, dass sie ihn beobachtete und auf eine Antwort wartete. Einfach sandfarben. Für ihn war der Sand hier sandfarben, nichts weiter.

„Kennst du die Geschichte von Hector, der nach dem Glück suchte und auf seiner Suche einer Menge Leute begegnete, die ihm die unterschiedlichsten Lektionen über das Glück lehrten?" Er schaute sie verständnislos an.

„Hat er es gefunden, das Glück?"

„Ja. Zumindest hatte er nach seiner Reise keinen Grund mehr, noch unglücklich zu sein und das Glück anderswo zu suchen."

War das eine Anspielung auf ihre gemeinsame Reise, auf ihn? Sie lächelte ihn an. Der Sand war sandfarben, nichts weiter. Er legte sich zurück und schloss die Augen.

Mara wusste nicht genau, was los war. Sie spürte nur, dass sich in den letzten Wochen etwas verändert hatte.

Sie hatte geglaubt, der gemeinsame Urlaub am Meer würde ihre Beziehung weiter festigen. Stattdessen hatte sie das Gefühl, Mark hatte sich erneut zurückgezogen. Trotzdem war es schön, jemanden an ihrer Seite zu haben. Ein ganzes halbes Jahr schon. Sie lehnte sich ebenfalls zurück, dachte an Alfred Delp und an die Wüstenzeiten, die jeder in seinem Leben zu bestreiten hatte. Für Delp waren diese Wüstenzeiten nicht nur metaphorisch gewesen. Er hatte sie leibhaft erfahren müssen, schuldlos verhaftet und später hingerichtet, nur weil er für die gerechte Sache und die Wahrheit eintrat:

Es steht schlimm um ein Leben, wenn es die Wüste nicht besteht oder meidet... Die Wüste gehört dazu... Allein und schutzlos den Winden und Wettern, dem Tag und der Nacht und den bangen Zwischenstunden preisgegeben. Und dem schweigenden Gott. Ja, auch dies ist eine, nein, es ist die Preisgegebenheit. Und hier wächst die zur

Erlangung der Freiheit wichtigste Tüchtigkeit des Herzens und Geistes: die Unermüdlichkeit... Die Wüste ist der große Raum der Besinnung, der Erkenntnis, der neuen Einsichten und Entscheidungen...

Als sie die Augen öffnete, hatte sich der Himmel zugezogen. Die kühle Meeresbrise war heftiger geworden. Die weißen Schaumkronen tanzten im Meer hin und her, als hätten sie den Takt verloren. Mark stand über ihr. Er war nass. Kleinste Wassertropfen berührten ihren Körper, als er sich die Haare mit einem Handtuch rubbelte.

„Da zieht was auf. Wir sollten langsam gehen."

Mark machte eine Kopfbewegung Richtung Horizont. Sein Blick war so undurchsichtig wie das Meer, das dieselbe Farbe hatte wie die dunkelgrauen Wolken dort. Mara fröstelte. Sie packten ihre sieben Sachen zusammen und verließen den Strand, ehe es richtig stürmisch wurde.

Sandsturm

Sechste Woche. Die Nachricht kam wie aus heiterem Himmel. Lucy war schwanger. Mara fiel aus allen Wolken. Sie freute sich für Lucy, war aber zugleich traurig, weil Lucy die Freude nicht teilte.

„Ich kann doch jetzt kein Kind bekommen!"

Sie wollte keine unbarmherzige Freundin sein und der verzweifelten Lucy an den Kopf knallen, dass sie im Sexualkundeunterricht vielleicht besser hätte aufpassen sollen, als der Teil mit den Blümchen und den Bienchen kam. Maras Einstellung zum Leben war rigoros absolut. Wenn es um das Leben ging, gab es für sie kein Wenn und Aber, kein Abwägen und keine Kompromisse, kein Vielleicht oder besser doch nicht. Für sie war allein der Gedanke ein Sakrileg, geschenktes Leben abzulehnen. Lucy kannte Maras Einstellung, umso wichtiger war Mara, dass sie die Freundin jetzt nicht vor den Kopf stieß. Sie steckte nicht in Lucys Haut. Sie konnte nur versuchen, Lucy Mut zu machen.

„Was soll ich denn jetzt machen? Wenn mein Chef erfährt, dass ich schwanger bin, dann war's das mit der Karriere."

„Was sagt Max dazu?"

„Er weiß es noch nicht."

„Du hast es ihm noch nicht gesagt?"

„Vielleicht muss er es gar nicht erfahren."

„Lucy!"

„Was denn? Ich kann mir beim besten Willen nicht vorstellen, Mutter zu sein. Nicht jetzt. Noch nicht."

Du bist es doch schon. Mutter. Dein Kind, das du gezeugt hast, ist schon da und wächst mit jedem Tag, der vergeht. Mara musste sich zusammenreißen, um ruhig zu bleiben. Überlegte ihre Freundin ernsthaft, das Kind abzutreiben?

„Wieso sprichst du nicht erst mal mit Max. Er ist der Vater. Ich finde, er hat ein Recht darauf, es zu erfahren."

Lucy blieb stumm. „Ihr beide kriegt das doch hin. Deine Eltern sind da, ich bin da. Wer sagt denn, dass du deine beruflichen Pläne aufgeben musst, wenn das Kind erst auf der Welt ist. Es gibt doch auch genug Möglichkeiten, Kind und Beruf zu vereinbaren."

„Aber nicht so, wie ich es gerne möchte." Ihre und Maras Blicke trafen sich. Lucy seufzte. „Ich weiß, was du denkst. Dass ich mich meiner Verantwortung stellen sollte, dass jedes Leben ein Geschenk Gottes ist, dass ich mir das vorher hätte überlegen sollen, ehe ich mit Max schlafe. Es war nicht geplant. Max und ich haben verhütet. Weder er noch ich hatten es darauf angelegt. Es ist einfach passiert, okay? Ich bin mir sehr wohl bewusst, dass es immer ein Restrisiko gibt. Aber ich bin nicht wie du Mara. Für mich gehört Sex eben einfach dazu, ob man jetzt verheiratet ist oder nicht. Auch wenn ich mit Max verheiratet wäre, würden wir jetzt noch keine Kinder haben wollen. Wir sind beide noch nicht so weit." Lucy hielt kurz inne und schaute ihrer Freundin fest in die Augen. Mara hasste das Wort „Restrisiko". Als ob Kinder eine Gefahr darstellten. Wie konnte ihre Freundin so reden? Wie konnte sie so egoistisch sein? Doch sie sagte nichts mehr. Was auch immer sie sagen würde, die Entscheidung lag bei Lucy.

„Es ist mein Körper, Mara."

„Und deine Verantwortung."

Sie hätte ihrer Freundin gerne gratuliert, gemeinsam mit ihr Mittel und Wege gefunden, die Nachricht zu verdauen. Stattdessen hatte sie das Gefühl als Freundin verraten worden zu sein, weil Lucy ihr keine Chance gab, ihr beizustehen. Sie drehte sich um und ließ Lucy mit der Entscheidung allein. Lucy war frei. Es war ihr Körper, ihr Recht, ihre Entscheidung. Das Kind, das nur aus Spaß entstanden war, spielte keine Rolle.

Mark konnte verstehen, dass Lucy das Kind nicht wollte. Er konnte nicht verstehen, warum Mara Lucys Entscheidung so persönlich nahm.

„Ich nehme es nicht persönlich."

„Doch tust du. Weil dein Glaube dir eine Perspektive auf das Leben vermittelt, die Lucy nicht teilt. Du kannst anderen, die ihre eigenen Überzeugungen haben, deine Sichtweise nicht überstülpen."

Sie wollte schon widersprechen.

„Du kannst es natürlich versuchen. Aber es liegt nicht an dir, ob sie das, was du sagst, annehmen oder nicht. Wir alle sind freie Menschen mit freiem Willen und unserer jeweils eigenen Sicht auf die Welt."

„Es geht um die Wahrheit."

„Was ist *die* Wahrheit?"

„Leben ist nicht verhandelbar. Es steht uns nicht zu, über Leben und Tod zu entscheiden. Leben ist ein Geschenk. Wenn ich mit jemandem schlafe, kann ich mich nicht aus der Verantwortung ziehen und behaupten, es gehe doch nur um ein bisschen Spaß. Zur Liebe gehört Verantwortung, und das Bewusstsein, dass ich, du, wir alle leben, weil unsere Eltern bereit waren, beim Sex Verantwortung zu übernehmen mit allen Konsequenzen. Es ist eben nicht nur ein bisschen Spaß. Wenn ich wirklich keine Kinder will, sollte ich konsequenterweise auch mit niemandem schlafen. Und jetzt komm mir nicht mit ‚von wegen deine antiquierten Ansichten, das hat doch heutzutage keine Bedeutung mehr'. Ja, leider! Ich hätte mich so gerne mit ihr zusammen gefreut."

Er liebte ihr Temperament, ihre Standhaftigkeit, ihren unerschütterlichen Glauben. Aber auch sie war nur ein Mensch. Er legte seine Hände auf ihre Schultern und schaute ihr in die Augen.

„Und was ist mit Barmherzigkeit und Nächstenliebe? Machen wir nicht alle Fehler?"

Sie runzelte die Stirn. Er wusste, dass sie Lucy um Verzeihung bitten würde, dass sie ihr nicht die Freundschaft kündigen würde, nur weil sie nicht einer Meinung waren. Außerdem hatte er von Max erfahren, wie sehr dieser sich über die Nachricht gefreut hatte, Vater zu werden. Es bestand kein Zweifel, dass die beiden das Kind bekommen würden.

„Was ist mit deinen Eltern?"

Die Frage kam unvermittelt.

Sie sah, wie seine Gesichtszüge versteinerten, die Gelöstheit in Anspannung überging.

„Du kannst mit mir nicht über Barmherzigkeit sprechen, über Nächstenliebe, unsere Fehler und diesen Teil deines Lebens aussparen." Er ließ die Arme sinken und drehte sich weg.

Sie wusste, dass sie eine Grenze überschritten hatte. Bisher hatte sie diese Grenze immer respektiert und ihm zuliebe keine Fragen gestellt. Nach dem Besuch in der Rehaklinik bei ihrem Vater hatte ihre Schwester sie zur Seite genommen. „Schaut er immer so ernst, oder hat er was gegen Christen?" „Er hat was gegen Familie." Darauf war Rahel verstummt. Sie hatte die Antwort für einen Scherz gehalten. Mara mochte es nicht, wenn man über andere urteilte, deren Lebenssituation man nicht kannte. Was wusste Rahel schon von ihm? Mara hatte sich auch nie über Rahels Mann beschwert, obwohl sie manche seiner Eigenheiten mehr als eigen fand.

Trotzdem hatte sie die Frage nachdenklich gestimmt. Was wusste sie denn selbst von Mark? Was wusste sie wirklich von seiner Vergangenheit? Außer, dass es da Misshandlungen gegeben hatte, über die er heute nicht sprach, von denen seine Narben aber beharrlich Zeugnis gaben. Schweigen. Wie viele mussten ihn schon auf seine Verletzungen angesprochen haben? Er hatte einfach dicht gemacht. *Er braucht seinen Freiraum*, hatte Lukas gesagt. Doch vielleicht war er auch deshalb nie eine feste Beziehung eingegangen, weil er Angst davor hatte, sein Schweigen zu brechen.

Sie dachte schon, er würde ihr die Antwort wieder schuldig bleiben, sie zurechtweisen und ihr klar machen, dass sie ihn nie wieder nach seinen Eltern fragen sollte, als er plötzlich in sich zusammensank.

„Ich habe keine Eltern, Mara."

„Jeder hat doch Eltern."

Sie sagte es leise, fast flüsternd.

„Für mich sind meine Eltern schon lange gestorben." Sein Gesicht war hart, ausdruckslos, als er sich ihr wieder zuwandte. „So viele Jahre habe ich als Kind um ihre Liebe gebettelt. Mein Vater hat sich aus dem Staub gemacht, war eines Tages einfach weg. Meine Mutter ist ohne ihn noch weniger klargekommen als mit ihm. Sie hat mich im Suff fast totgeprügelt. Ich wäre gestorben, hätte ein Nachbar, der meine Schreie gehört hat, nicht die Polizei gerufen. Das Jugendamt kam und hat mich da rausgeholt. Sie hat noch versucht, mir irgendetwas zu sagen. Daran erinnere ich mich. Irgendetwas wollte sie mir noch sagen, aber ich konnte sie nicht verstehen. Das war das letzte Mal, dass ich sie gesehen habe. Bis heute weiß ich nicht, was aus ihr geworden ist. Das ist alles, was ich erinnere, Mara. Ich will nicht wieder dahin zurück."

Sie schwieg. Was hätte sie darauf auch sagen sollen, sagen können? Das, was er sie gerade hatte sehen lassen, war nur die Spitze des Eisbergs. Behutsam wie ein aus dem Nest gefallenes Küken nahm sie seine Hände in die ihren, streichelte sie, betrachtete sie. Sie brauchte eine Weile, um ihre nächste Frage zu formulieren.

„Wüsstest du es gerne? Was aus ihr geworden ist?"

Er schaute sie verwundert an. „Sie haben sie abtransportiert, weil sie um ein Haar ihr eigenes Kind umgebracht hätte. Für mich ist sie damals gestorben. Auch ein Teil von mir ist seitdem tot. Du hast doch die Narben gesehen. Ich bin ein kaputter Mann."

Er schaute sie forschend an. „Ich verstehe bis heute nicht, warum du mit mir zusammen sein willst."

Sie konnte das Kind in Mark aufblitzen sehen. Da war so viel Schmerz, Trauer, Wut, Einsamkeit. Dabei hatte er sie nur einen Bruchteil des Abgrunds sehen lassen, der ihn umgab.

„Es tut mir so furchtbar leid."

Sie musste die Tränen zurückhalten. Endlich konnte sie ein wenig verstehen, was ihn umtrieb. Mark ließ den Kopf sinken.

„Ich bin kaputt, Mara."

„Nein, das bist du nicht. Hör auf, dir das einzureden! Du bist nicht heil, aber wer von uns ist das schon? In meinen Augen bist du wunderbar. Warum ich mit dir zusammen sein will? Weil ich dich liebe, Mark. Das weißt du doch. Wir haben alle Zeit der Welt." Und für diesen einen Moment ließ das Meer ihn frei. Er schwamm um sein Leben. Die Dunkelheit wurde Licht. Er stieß durch die Wasseroberfläche und atmete, öffnete den Mund und atmete: Luft. Licht. Freiheit.

Ende eines Sommers

Es war das letzte Mal, dass sie gemeinsam auf einem Berggipfel gestanden hatten, ehe die Tage wieder kürzer, die Nächte länger wurden und der Herbst Einzug hielt.

„Wenn ich auf einem Berggipfel stehe, die Welt unter mir, der Himmel über mir, habe ich das Gefühl, nichts auf der Welt hält mich. Ich kann einfach atmen. Da oben in den Bergen bin ich frei." Sie hatte Marks Strahlen gesehen und das Gefühl gehabt, ihn verstehen zu können. Hier oben konnte er loslassen und sich von seinen inneren Fesseln ein Stück weit befreien.

„Hallo? Hörst du mir überhaupt zu?" Lucy fuchtelte mit einer Hand vor Maras Gesicht. Mara musste zugeben, dass sie tatsächlich nicht mitbekommen hatte, was Lucy zuletzt gesagt hatte. Sie saßen in irgendeiner Kneipe, in die es sie verschlagen hatte, weil ein Schild an der Tür von Lucys Lieblingskneipe auf „Heute geschlossene Gesellschaft" hinwies.

Es war surreal, dass vor Lucy nur ein Glas Apfelsaft stand. Mara hatte sich inzwischen bei ihrer Freundin entschuldigt. „Hast du wirklich gedacht, ich würde Max die Vaterschaft vorenthalten? Ich war einfach völlig fertig. Ein Kind! Weißt du, was das bedeutet? Dabei konnte ich mir vor einem halben Jahr noch nicht einmal vorstellen, mit jemandem zusammenzuleben, und jetzt schlägt da ein zweites Herz in meinem Körper." Das war Lucy, theatralisch wie immer. „Meine Klamotten werden mir nicht mehr passen. Ich werde wie ein Hefekloß aufgehen, Schwangerschaftsstreifen und Hängetitten bekommen, den ganzen Tag mit Stillen, Wickeln und Waschen beschäftigt sein, wegen eines kleinen Schreihalses nervlich völlig am Ende. Was bitte gibt es Unattraktiveres?" Vielleicht waren es auch die Hormone. „Du wirst dich daran gewöhnen", war Maras trockener Kommentar.

„Eigentlich hätte ich schwören können, dass du vor mir Mutter bist."

„Ich? Wieso das denn? Ich dachte immer, du denkst, ich sterbe als alte Jungfer."

„Mark hat mir das Gegenteil bewiesen. Und Kinder sind doch voll dein Ding."

„Ich wusste nicht, dass sich eine Schwangerschaft auch auf den Verstand auswirkt."

„Haha. Sehr witzig."

„Ich gebe es zu. Dass du jetzt ein Kind bekommst, das hat mich echt ganz schön umgehauen. Tja, Leben passiert eben. Manches haben wir zum Glück noch nicht in der Hand."

„Apropos Leben, wie geht es deinem Vater?"

„Ich würde sagen, er hat sich zurück ins Leben gekämpft. Es ist nicht wie vor dem Schlaganfall, aber es ist wieder soweit gut."

„Das freut mich. Er ist eben ein Kämpfer mit einer Familie, die zusammenhält." Das war nicht immer so. Ihre Familie hatte lange gebraucht, um zusammenzuwachsen. Manchmal waren es vielleicht gerade solche leidvollen Erfahrungen, die einen erst erkennen ließen, wie viel wichtiger manche Dinge gegenüber anderen waren, wie wertvoll es war, eine Familie zu haben. Mark hatte nie eine gehabt, zumindest keine, die für ihn da gewesen war. Er war allein. Schon als Kind. Das musste schrecklich für ihn gewesen sein. Sie hatte gelernt, ihre Eltern zu lieben und ihnen ihre Fehler zu verzeihen. Er hatte es nie lernen können, weil seine Eltern ihm nicht die Chance gegeben hatten, ihnen zu verzeihen. Er hatte nie die heilenden Worte einer Entschuldigung, ein Eingeständnis von Schuld aus ihrem Mund gehört. Keine Reue. Keine Umkehr.

Sie nahm einen Schluck aus ihrem Glas.

„Was machen wir mit Steffi und Lukas? Die kommen doch bald aus ihren verlängerten Flitterwochen zurück. Sollten wir nicht irgendeine Willkommensparty für sie veranstalten?" Steffi und Lukas hatten sich über den Sommer ein Sabbatical gegönnt.

Lucy stöhnte, als wäre sie bereits jetzt hochschwanger. „Auch das noch! Ich dachte, Lukas Kumpels organisieren was? Soweit ich weiß, ist schon was in Planung. Mark müsste das doch wissen."

Mark. Bald kannten sie sich ein Jahr. Ein Jahr, das ihr Leben auf den Kopf gestellt hatte. Angst, Langeweile, Einsamkeit. Das waren ihre größten Feinde gewesen, ihre größten Lebensgegner. Mara hatte gelernt, der Angst mit einem Lachen entgegenzutreten, die Langeweile auszuhalten und in der Einsamkeit sich selbst zu begegnen und diese Begegnung zuzulassen.

Wie es Mark wohl ging?

Seit er sich ihr gegenüber geöffnet hatte, konnte sie manche seiner Verhaltensweisen besser verstehen. Sie musste sich allerdings zurückhalten, ihn nicht zu sehr auf seine Vergangenheit zu reduzieren. Sie wollte ihn nicht analysieren wie einen ihrer Klienten. Er war ein erwachsener Mann und hatte gelernt, mit seiner Geschichte umzugehen. Hatte er es gelernt?

Manchmal ertappte sie sich dabei, wie sie ihn in unbeobachteten Momenten musterte, und versuchte, in seinen Worten und Gesten zu lesen, was ihn in Gedanken beschäftigte. Sie fragte sich in solchen Momenten, wo er war, traute sich aber nicht, ihn zu bitten, sie dorthin mitzunehmen. Der eine Blick in den Abgrund hatte gereicht, um zu verstehen, wieso er diesen Blick mied und vor seiner Vergangenheit lieber die Tür zumachte.

Die Geister der Vergangenheit, wurde man sie jemals gänzlich los? Ihre Geister hatten sie gelehrt, ihre Möglichkeiten vor dem Hintergrund der Wirklichkeit zu entdecken und an sich und ihre Möglichkeiten zu glauben. Sie hatte weder Lucy noch ihrer Schwester von Marks Vergangenheit erzählt. Sie fand, es stand ihr nicht zu, mit anderen darüber zu sprechen, wenn Mark es auch nicht tat. Sie hatte in letzter Zeit viel über ihre eigene Vergangenheit nachgedacht, und war zu dem Schluss gekommen, dass sie im Reinen damit war. Sie wünschte sich für Mark, dass es ihm auch einmal so ging, und vielleicht konnte sie ihm dabei helfen, wenn er es zuließ.

„Mara! Was ist los mit dir? Du bist gar nicht bei der Sache." Zum zweiten Mal an diesem Abend fühlte sich Mara ertappt.

„Sorry. Ich glaube, ich bin für heute durch."

„Bin ich schwanger oder du?"

„Bist du mir böse, wenn ich gehe?"

„Jaja. Lass deine schwangere Freundin ruhig alleine inmitten der dubiosen Gestalten hier."

„Ich dachte, Max kommt gleich noch vorbei und holt dich ab?"

„Ist schon gut. Ich komm klar. Wenn ich den Typen hier sage, dass ich schwanger bin, ist das Interesse schneller wieder verflogen, als ich den Satz zu Ende sprechen kann."

Mara schüttelte grinsend den Kopf. „Man sieht dir noch immer nicht an, dass du schwanger bist. Meinst du, das glaubt dir jemand? Du bist Freiwild. Die schauen schon alle in deine Richtung."

„Haha. Sehr witzig. Hau schon ab. Ich sag Max, dass er sich ein bisschen beeilen soll und klammere mich so lange an meinen Apfelsaft."

Sie umarmten sich. Dann ging Mara nach draußen und genoss die letzten Sonnenstrahlen des Abends auf dem Weg zur Bahn. In der Luft lag bereits ein Hauch von herbstlicher Frische.

Kein Leben war wie ein anderes. Lucys Leben war turbulent, immer in Bewegung. Jetzt war sie Mutter, konnte den Herzschlag ihres Kindes auf dem Ultraschall sehen. Es würde ruhiger werden in ihrem Leben, oder auch nicht. Ein turbulentes Leben mit Kind und Kegel. Eine eigene Familie. Die Karriere nicht mehr an erster Stelle. Lukas und Steffi würden mit vielen Erfahrungen im Gepäck zurück nach Hause kommen, erlebt haben, was es heißt verheiratet zu sein, und wieder zurück im Alltag gemeinsam weitere Schritte auf dem Weg der Ehe gehen, vielleicht auch bald in Richtung eigene Familie. Und sie und Mark? Ihr Leben war ruhig gewesen, relativ gleichförmig. Sie hatte gelernt, mit Rückschlägen umzugehen und nach vorne zu sehen. Marks Leben war gewiss nicht einfach gewesen. Und auch heute noch nicht leicht. Er hatte viel kämpfen müssen und sich zurück an die Oberfläche gekämpft. Irgendwo hatte sie den Spruch gelesen: *Zahme Vögel singen von der Freiheit – wilde Vögel fliegen.* War Mark bereit, zu fliegen? Sie wollte ihm dabei helfen, und würde gemeinsam mit ihm gegen die Geister der Vergangenheit kämpfen, Seite an Seite.

Sie erhöhte beim Gehen die Lautstärke der Musik, bis der Klang in ihren Ohren alle Nebengeräusche erstickte und der Takt ihren Schritt bestimmte.

I hear you whisper underneath your breath
I hear your SOS, your SOS
I will send out an army
To find you in the middle of the darkest night
It's true, I will rescue you
And I will never stop marching
To reach you in the middle of the hardest fight
It's true, I will rescue you

Im Herbst:
Wie Ocker

Herbstspaziergänge

Auf einen Schlag war es Herbst geworden. Als sie heute das Haus verließ, konnte sie ihren Atem aufsteigen sehen. Sie verfolgte die Atemwölkchen und blickte in den Himmel vor ihr. Der Sommer war vorbei.

Sie war eingetaucht in einen neuen Abschnitt ihres Lebens. Und all die Erinnerungen daran würde sie in Ewigkeit verwahren, eingeschrieben in ihre Vergangenheit. Sie waren jetzt schon Teil ihrer *Lebensernte*. Sie waren Teil ihres *Seinsgedächtnisses*, wie Viktor Frankl, ein konzentrationslagerüberlebender Psychotherapeut, der die Logotherapie als Sinnlehre gegen die Sinnleere begründet hatte, das Leben über den Tod hinaus beschrieb. Das Bild von der lebensgroßen Scheune, in der sie alle Erinnerungen, schöne, leidvolle, prägende Momente ihres Lebens deponierte wie in einem Kornspeicher die Weizenernte, gefiel ihr mehr noch als das Bild vom Einmachglas. Die Scheune löste in ihr ein Gefühl von Wärme und Geborgenheit aus, weil sie nach Kindheitstagen auf dem Bauernhof, Herumtollen im Heuschober und Strohschlachten roch. Das Einmachglas dagegen hatte etwas Kaltes, weil sie dabei immer an Essiggurken denken musste statt an eingekochte Marmelade. *Ein wenig sauer, ein wenig bitter, ein wenig süß, ein wenig pikant.*

Sie atmete die frische Luft. Auch dieser Moment wurde im *Seinsgedächtnis* ihrer Ewigkeit festgehalten: Ein herbstlicher Spaziergang im Abendrot rund um den kleinen See, der glatt und verlassen dalag. Wenn die Badegäste gegangen waren, war er wieder ganz Revier der Enten, die das Wasser unter sich leise zum Kräuseln brachten. Sie lauschte der Stille. Die Kühle des Abends tat ihren Gedanken gut.

Die Willkommensparty für Lukas und Steffi war zugleich eine Babyparty für Max und Lucy geworden. Es war ein richtiges Fest gewesen. Sie feierten bis in die Morgenstunden, bis jedes Erlebnis erzählt und wieder erzählt, und jede Neugierde befriedigt war. Zum ersten Mal hatte Mara das Gefühl, richtig angekommen und ein Teil dieser Gemeinschaft zu sein, so unterschiedlich jeder einzelne von ihnen auch war. Ihre gemeinsamen Unternehmungen ließen sie zusammenwachsen und zusammen wachsen über sich selbst hinaus das Selbst hinter sich lassend. Wohltuende *Selbstvergessenheit. Selbsttranszendenz*. Viktor Frankl. Sie hatte sein Buch erst kürzlich wieder in der Hand gehabt.

Sie sah Mark im Kreis seiner Freunde stehen, von denen einige inzwischen auch ihre Freunde geworden waren, und fragte sich, ob es nicht auch für sie Zeit wäre, einen Blick in die Zukunft zu wagen.

Er spürte ihren Blick auf sich ruhen. Als er aufsah, lächelte sie. Er konnte nicht beschreiben, was er in diesem Augenblick empfand. Sie gehörte zu ihm. Ihr Lächeln machte ihn froh, machte ihn ein wenig weniger einsam.

Er stand da inmitten seiner Leute, die er kannte, die er mochte, mit denen er viele Erinnerungen teilte und fühlte sich doch ein Stück weit entrückt, als ob er die Szene nur von außen beobachtete wie ein Zuschauer seines eigenen Bühnenstücks.

Er hatte versucht dagegen zu kämpfen, gegen den Nebel, gegen die Dunkelheit, gegen dieses Gefühl der *Losigkeit*. Gefühllosigkeit, Empfindungslosigkeit, Haltlosigkeit, Bodenlosigkeit, keine Gefühle, keine Empfindungen, kein Halt, fallen ohne Boden. Er hatte versucht gegen das Ertrinken in Losigkeit anzukämpfen. Seit sie am Meer gewesen waren und auch schon davor, hätte er manchmal schreien können vor Verzweiflung, weil er dieses Leben doch wollte. Er wollte fühlen, er wollte sehen, er wollte schmecken und riechen, er wollte lieben und sein, er wollte jemand sein, nicht nichts.

Er hörte, wie um ihn herum gelacht wurde, und lachte mit. Er sah, wie ausgelassen seine Freunde waren, und stimmte in die Ausgelassenheit mit ein. Er trank, und trank viel zu viel, und wusste, dass er zu viel trank, nur um nicht selbst zu ertrinken. Und doch wurde er das Gefühl nicht los, dass er immer tiefer sank. Da spürte er plötzlich eine Hand, die sich in seine schob. Ein Flüstern an seinem Ohr. „Mark, ich glaube, wir sollten gehen."

Sie war da, um ihn zu retten, um ihn vor dem Ertrinken zu retten. Sie war da.

Er atmete, und merkte erst jetzt, wie schwindelig ihm war. Er hielt ihre Hand fest und ließ sich von ihr mitziehen. Würde sie immer da sein, um ihn zu retten?

Wie Ocker

Er wachte auf und hatte einen schalen Geschmack im Mund. Sein Schädel brummte. Er erinnerte sich nicht mehr genau, was am Abend zuvor passiert war. Er fasste sich an den Kopf und bemerkte erst jetzt, dass er nicht zuhause war. Wo war er? Wessen Bett war das? Er hörte gedämpfte Geräusche von irgendwoher. Eine Dusche lief. Benommen richtete er sich auf. Scheißkater. So einen Schädel hatte er schon lange nicht mehr gehabt. Auf dem Nachttisch stand ein Glas Wasser, daneben lag Aspirin. Er trank, und hoffte, dass er sich bald besser fühlte. Stöhnend lehnte er sich zurück in die Kissen. Die Duschgeräusche ebbten ab. Er öffnete erneut die Augen. Er sollte langsam aufstehen, er sollte nachsehen, wo er war.

„Guten Morgen!"

Als er etwas wackelig auf den Beinen die Tür öffnete und mit verschlafenem Blick um die Ecke schaute, sah er in Maras lächelndes Gesicht.

„Du hast deine Jacke mit dem Schlüssel im Loft vergessen. Ich hab's zu spät bemerkt, also hab ich dich mit zu mir genommen. Ich hoffe, das war in Ordnung."

Ihre Miene wurde ernster, sie senkte die Stimme. „Du hast ziemlich viel getrunken gestern."

Es war kein Vorwurf, aber er spürte, dass sie weiterreden wollte, und war froh, als sie es nicht tat. „Ich bin in der Küche. Du kannst dich gerne duschen. Deine Sachen liegen im Bad." Dann verschwand ihr Gesicht aus seinem Blickfeld.

Er wusste nicht mehr viel von dem, was gestern passiert war. An die Party konnte er sich noch erinnern, aber nicht daran, wie er hierher und in Maras Bett gekommen war. Warum hatte er so viel getrunken? Warum? Er hatte Maras Frage hinter den geschlossenen Lippen gehört.

Frisch geduscht kam er aus dem Badezimmer zu ihr in die Küche. Sie hatte Frühstück gemacht. Es roch nach frischem Kaffee. Er setzte sich ihr gegenüber, nahm die Tasse und trank einen großen Schluck.

„Wie fühlst du dich?" Ihr Blick sprach Bände. Sollte er sich schämen, sich erklären, sagen, dass es ihm leidtat, dankbar sein?

„Besser. Danke für die Aspirin."

Schweigend aßen sie. Er brachte fast nichts runter. Er wollte nicht hier sitzen, ihr gegenüber, und sich mies fühlen, weil er merkte, dass sie ihm nur aus Rücksicht keine Fragen stellte, also brach er das Schweigen.

„Als ich klein war, obwohl so klein war ich gar nicht mehr, ich war schon in der Schule, da sollten wir einmal ein Bild malen, einen Mischwald mit unterschiedlichen Grüntönen. Ich wollte aber kein Grün verwenden, sondern nur eine einzige Farbe, weil die im Farbkasten meine Lieblingsfarbe war. Ich verwendete also nur diese eine Farbe und malte mit dieser Farbe unterschiedliche Bäume, wie sie in einem Mischwald zu finden sind. Die Bäume malte ich detailgetreu, ich war ein guter Maler. Ich würde behaupten, es war die beste Zeichnung in der Klasse. Trotzdem bekam ich nur ein mangelhaft, weil ich die Anweisungen nicht richtig befolgt hatte. Das Grün fehlte. Ich hatte noch versucht, mich bei der Lehrerin herauszureden:

Sie haben nicht gesagt, in welcher Jahreszeit wir die Bäume malen sollen.

Selbst im Herbst sind Nadelbäume grün.

Nicht die Lärchen.

Aber die Tannen und Fichten und Kiefern.

Das war's. Ich hatte mir meinen Willen nicht brechen lassen, musste aber mit den Konsequenzen leben. Meinen

Eltern sagte ich nichts von der Fünf. Das Bild versteckte ich in meinem Zimmer. Dort hatte ich ein Geheimfach. Das Bild erinnerte mich fortan an meinen freien Willen, und daran, dass es nicht immer gut war, das zu tun, was man wollte."

Mara wusste nicht, ob das nun eine Metapher für sein gestriges Verhalten sein sollte oder ob er sie einfach an dem teilhaben lassen wollte, was ihm gerade durch den Kopf ging.

„In welcher Farbe hast du das Bild denn gemalt?"

„Ocker. Meine Lieblingsfarbe damals war Ocker."

„Warum Ocker?"

„Das Herbstlaub, das sich am Boden sammelt und so schön raschelt, wenn man durchmarschiert, das habe ich gemocht. Ich mochte das Rascheln unter jedem Schritt. Es fühlte sich so lebendig an, so fröhlich."

„Wieso mochte? Magst du es jetzt nicht mehr, das Herbstlaub unter deinen Füßen?"

„Ich bin kein Kind mehr. Inzwischen habe ich gelernt, die Dinge richtig einzuordnen und manche Launen im Zaum zu halten." Sollte das schon wieder eine Metapher sein?

Seine Lieblingsfarbe war Ocker wie das Herbstlaub. Ocker wie der Wüstensand auf einem der Fotos, die auf dem Kühlschrank klebten. Er verschwieg, dass seine Mutter das Bild doch irgendwann entdeckte. Es war eine jener seltenen Erinnerungen an seine Kindheit, die schön waren.

Er hatte Angst gehabt, sie würde ihn schlagen, wenn sie erfuhr, was es mit dem Bild auf sich hatte, aber sie hatte gelacht, herzhaft gelacht, als er ihr davon erzählte.

„Das ist mein Junge." Hatte sie gesagt. Er erinnerte sich an den Stolz in ihrer Stimme. Ein wenig war er verwundert darüber, dass sie stolz darauf war, wenn ihr Junge eine Fünf mit nach Hause brachte. Sollte er jetzt immer Fünfer schreiben, damit sie sich freute?

Wo das Bild hingekommen war, wusste er nicht. Aber die Erinnerung daran war wieder da. Das Herbstlaub unter seinen Füßen, das Lachen seiner Mutter, und die moosgrünen Augen, die ihn über den Tisch hinweg unverwandt ansahen. Maras Augen. Sie lächelten.

Mara lief durch die Straßen. Es war mild für einen Tag im Spätherbst, aber windig. Die Wolken zogen schnell, Regen kündigte sich an. Vom Himmel fielen schon vereinzelte verirrte Tropfen. Ihre Schritte wurden schneller. Sie hörte unter sich das Laub rascheln und musste an Marks Worte denken. Irgendetwas schien die Erinnerung an dieses Bild in ihm wachgerüttelt zu haben. Vielleicht sammelte auch er seine Erinnerungen in Einmachgläsern oder Heuschobern, vielleicht auch in Schubläden oder Aktenordnern. Wo auch immer. Irgendwo hatte jeder Mensch einen Ort, an dem er seine Vergangenheit konservierte. Sie hoffte, dass Marks Ort voller Erinnerungen war, die sein Leben bereicherten, und nicht nur leidvolle Erfahrungen enthielt.

Sie wollte ihn fragen, warum er so viel getrunken hatte an dem Abend. Das tiefe Loch in seinen Augen hatte sie abgehalten. Sie spürte, dass der Abgrund zu tief war, als dass sie ihm dorthin folgen wollte. Sie hoffte und betete für ihn, dass er das Licht, das da irgendwo auch für ihn leuchtete, sehen konnte. Die Farbe seiner Augen war wie der Herbst und das Laub unter ihren Füßen eine Mischung aus Weinlaub, Bernstein und Ocker. Sie mochte seine Augen, und hätte sich darin stundenlang verlieren können. Bestimmt hatten sie einmal gelächelt, bevor er gebrochen war.

Fragmente und Scherben

Ab und zu traf sich Mara mit Steffi und Lucy zum Brunchen. Sie saßen in einem kleinen gemütlichen Café, in dem es herrlichen Cappuccino, frisch gepressten Orangensaft, Müsli, Croissants, selbst gebackene Brötchen mit Butter, Marmelade, Käse, Quark und Wurst, und Eier aus dem hauseigenen Hühnerstall gab. Beim Anblick des Buffets vor ihnen auf dem Tisch fühlten sie sich richtig heimelig, während draußen der Regen an die Scheiben klatschte. Es war windig, nass und ungemütlich, und alle drei waren froh gewesen, schnell ins Trockene zu kommen.

Mara lauschte ihren Freundinnen, die sich über Familienplanung, Kinderkriegen, Mutter- und Frauenrolle versus Karriere und Beruf, und welche Möglichkeiten es gab, beides unter einen Hut zu bringen, geteilte Elternzeit, Kinderkrippe etc. unterhielten, und zu dem Schluss kamen, dass doch noch mehr für Familien getan werden müsste, wenn man den demografischen Wandel umkehren und die Überalterung der Gesellschaft aufhalten wollte. Mara hörte zu und wusste nicht, wo am Gespräch sie anknüpfen sollte. Zum Thema Familienplanung hatte sie nichts beizusteuern. In Gedanken war sie bei Mark. Sie schaute in den Regen. Der Himmel war grau.

Zwischen ihr und Mark lief es nicht besonders gut seit der Willkommensparty. Auch wenn er mit ihr gesprochen hatte, wusste sie trotzdem nicht, was an dem Abend mit ihm los gewesen war. Außerdem zog er sich wieder mehr zurück. Selbst wenn sie sich küssten oder im Arm hielten, schien er ganz weit fort. Wenn er lachte, wenn er mit ihr redete, sie sich unterhielten und nach außen hin alles wie immer wirkte, schien er innerlich ganz woanders zu sein. Sie hatte das Gefühl, ihn zu verlieren.

Als sie Lukas einmal darauf ansprach, zuckte der die Achseln. „Mark hat ab und zu solche Phasen. Früher war er auch manchmal einfach nicht erreichbar, hat keinem Menschen gesagt, wo er steckt, sich an keiner Aktion beteiligt, und nach einer Weile war er auf einmal wieder da, ganz der alte Mark. So ist er eben."

Wie nach der Hochzeit. Auch da war er verschwunden und plötzlich wieder aufgetaucht. Sie fragte sich, ob ein solches Verhalten ihre Beziehung auf Dauer tragen konnte. Sie hatte einmal versucht, mit Mark darüber zu sprechen. Das war kurz vor ihrem gemeinsamen Strandurlaub gewesen. Er hatte abgeblockt.

„Du isst ja gar nichts. Hast du keinen Hunger?"

Zwei Augenpaare starrten sie fragend an. Sie starrte auf ihren Teller. Schnell schob sie sich eine Gabel lauwarmes Rührei in den Mund und lächelte in die Runde. „Sehr lecker." Sie konzentrierte sich eine Weile aufs Essen, ehe ihre Gedanken wieder abschweiften.

„Mara. Warum nicht Maria? Maria, die Frau, die den Erlöser gebar." Wieder einmal stutzte sie, dass Mark, der nicht an Gott glaubte, so mit ihr sprach.

„Warum nicht Mara? Die Bedeutung ist ähnlich. Vielleicht hat meinen Eltern der Name ohne das „i" besser gefallen."

„Du weißt es nicht?"

Sie seufzte, weil er nicht lockerließ.

„Soviel ich weiß, hatte meine Mutter ein Buch gelesen, in dem es um eine junge Sklavin ging, die mit ihrem Mut und ihrer Klugheit ein Attentat auf den Pharao verhindern konnte." So einfach, so banal.

„Hier steht: Mara die Bittersüße, die Liebenswürdige und die Schöne, auch das Meer oder der Traum."

„Das hast du jetzt aber schnell gegoogelt." Sie lachte.

„Es passt aber."

„Bittersüß vor allem."

„Alles hat zwei Seiten. Schatten und Licht. Schwarz und Weiß. Hell und Dunkel. Bitter und süß."

„Warte das kann ich auch. Hey Google, et voilà: Eine der ersten Stationen der Wüstenwanderung wurde als *mara* bezeichnet, weil das Wasser dort bitter war und nicht getrunken werden konnte."

Er grinste. „Die Wüste, Mara. Auch das passt."

Die Wüste. Einer ihrer ersten Gespräche über ihren Namen. Sie erinnerte sich. Am Ende war die Wüste stehengeblieben. Daraufhin hatte sie ihm von ihrem Wüstenabenteuer erzählt, vom Schreien gegen die Felsen, dem Widerhall von Verzweiflung, Wut, Angst, und vom Auflösen der Worte und aufgestauten Emotionen in Luft und

Weite, Dunkelheit und Sterne und Sand. Sie würde gerne einmal mit ihm in die Wüste fahren und ihm das Schreien beibringen. Sie würde ihm gerne zeigen, wie man herausschrie, was einen von Innen zerfraß, um sich ganz neu füllen zu lassen. Andere gingen zum Schreien in den Wald. Sie würde mit ihm in die Wüste fahren. So wie sie damals Gott entgegengeschrien hatte, was er in ihr verwandeln sollte, würde sie Mark einen Schrei wünschen, der ihn aus seinem Gefängnis befreite.

„Was würdest du tun, wenn du aus deinem Leben aus- und in ein anderes einsteigen könntest?"

„Wie meinst du das?"

„Naja stell dir vor, du hättest keine Lust mehr auf dein Leben und könntest es verlassen, Tür auf, Tür zu, und wärst in einem anderen Leben."

„Und was soll mich da erwarten?"

„Was du dir erträumst."

„Kann ich das nicht auch in diesem Leben haben? Ich kann mir doch meine Träume verwirklichen."

„Stell es dir doch einfach mal vor! Wie wäre dein anderes Leben?"

„Ich weiß nicht. Wahrscheinlich wäre ich an der einen oder anderen Stelle anders abgebogen, hätte mich anders entschieden, wäre einen anderen Weg gegangen."

„Welcher wäre das zum Beispiel?"

„Spielt das wirklich eine Rolle in diesem Gedankenexperiment? Ist nicht die essentiellere Frage dabei: Wäre ich in diesem anderen Leben wirklich glücklicher, auch wenn meine Wege andere gewesen wären? Die Frage stellst du dir doch, oder? Du fragst dich, ob du in einem anderen Leben glücklicher wärst. Und, was meinst du? Wäre es so?"

„Wieso glaubst du, ich bin hier nicht glücklich?"

„Bist du es denn?"

„Okay. Experiment beendet. Ich bin glücklich."

„Warum willst du dann aus deinem Leben aussteigen können?" Sie senkte die Stimme. „Du weißt, dass das geht. Du kannst jederzeit aussteigen. Selbst da sind wir frei. Aber du würdest in keinem anderen Leben aufwachen."

„Warum nicht? Vielleicht existiert tatsächlich irgendwo ein Paralleluniversum."

„Ich dachte, das Experiment ist beendet." Er sagte nichts. „Mark?" Sie schaute ihn an. „Ich meine das ernst. Hast du schon einmal darüber nachgedacht, dir das Leben zu nehmen?"

„Das Leben nehmen. Das ist doppeldeutig. Oft habe ich darüber nachgedacht, wie ich mir das Leben nehmen könnte, wie ich mir alles an Leben nehmen könnte, was das Leben mir zu bieten hat." Seine Stimme wurde leiser. „Ich würde es gerne, Mara, mir das Leben nehmen. Aber ich kann nicht. Ich habe manchmal das Gefühl, nicht zu wissen, wie man richtig lebt."

Sie gingen am Bahnhof entlang. Es war einer jener leeren Tage, die nur darauf warteten, gefüllt zu werden. Sie hatten nichts Konkretes vor, wollten einfach mal schauen und ließen sich treiben. *Wenn jeder an sich denkt, ist an jeden gedacht.* Sie lasen die Aufschrift beide gleichzeitig. Ein schlecht gelungenes Graffiti, dessen schmieriges Aussehen der interessanten Aussage, die darin steckte, nicht gerecht wurde. Da hatte jemand versucht zu philosophieren, und direkt daneben hatte jemand geschrieben: *Only God Can Judge Me.*

Mark blieb stehen. Er betrachtete die schwarzen Buchstaben auf grauem Stein, als hätte er einen Chagall oder Dali vor sich.

„Interessant. Ob das eine Graffiti ein Antwortversuch auf das andere sein soll?"

„Was soll das für eine Antwort sein? Klingt wie eine dumme Rechtfertigung des eigenen Verhaltens, für die ich auch noch den Namen Gottes missbrauche. Gottes Gericht fällt bestimmt nicht besonders milde aus, wenn ich mit meinen Mitmenschen umgehe, wie es mir passt. Gerade wenn ich daran glaube, dass Gott mich am Ende richten wird, sollte mir mein Handeln nicht egal sein."

„Laut dem Graffiti gehst du ja gar nicht mit den Mitmenschen um, weil du nur mit dir selbst umgehst."

„Das funktioniert doch nicht. Wir sind zwar alle Individuen, aber ohne Gesellschaft, ohne Verbünde, ohne Zusammenschlüsse, ohne Beziehungen könnten wir doch nicht leben und überleben. Im Grunde sind wir aufeinander angewiesen, um unsere Bedürfnisse zu erfüllen. Natürlich kann ich an mich selbst denken, aber wenn ich an mich selbst denke, denke ich den anderen automatisch mit."

„Rein von der sprachlichen Logik her betrachtet, ist an der Aussage aber nichts falsch. Fast ein Syllogismus. Wenn jeder an sich denkt, ist an jeden gedacht."

„In sich logisch ja, aber traurig. Wer immer das geschrieben hat, hat keine hohe Meinung von sich selbst und von den anderen."

„Glaubst du daran, dass Gott dich richten wird?"

„Klar."

Mark wurde nachdenklich. „Ein barmherziger Gott, der Menschen in die Hölle schickt?"

„Gott schickt niemanden in die Hölle. Die Hölle ist dort, wo sich die Seele aus freien Stücken für immer von der Liebe Gottes abgewandt hat. Gott gibt uns jeden Tag eine neue Chance, in seine Liebe zurückzukehren. Das ist barmherzig. Gott setzt uns frei, weil er uns bedingungslos liebt, aber er nimmt uns auch zurück in seine liebenden Arme, wenn wir Fehler machen. Eine Umkehr ist für jeden möglich."

„Und wenn ich das nicht glauben kann?"

„Was hat mehr Recht: Die Hoffnung oder die Verzweiflung?" Hatte er sie einmal aus heiterem Himmel gefragt.

„Die Hoffnung natürlich."

Er grinste. „Das musst du jetzt sagen, weil du sonst deinen Glauben verrätst."

„Nein, weil es stimmt. Die Hoffnung siegt am Ende über die Verzweiflung. Warum sonst sollten die Menschen überhaupt glauben?"

„Hat aber nicht beides seine Berechtigung? Ohne Zweifel, gäbe es keine Hoffnung. Wenn wir nicht zweifeln würden, würden wir auch nicht hoffen müssen."

„Wir sind frei zu hoffen, frei zu zweifeln. Wir müssen weder das eine noch das andere."

„Aber wir sind Menschen. Zweifel sind menschlich. Hinterfragen ist menschlich. Suchen ist menschlich."

„Wir suchen, weil wir uns sehnen."

„Wir suchen, wir zweifeln, wir finden, wir hoffen."

„Weil wir hoffen, verzweifeln wir nicht."

„Dann hat die Hoffnung also mehr Recht als die Verzweiflung. Denn ohne sie würden wir verzweifeln. Und wenn wir es dennoch tun, weil es keine Hoffnung mehr gibt?"

„Es gibt immer einen Grund, zu hoffen. Wenn wir ihn nicht kennen, müssen wir nach diesem Grund suchen."

„Solange, bis wir am Grund ankommen. Dem Grund allen Seins", nahm er den Faden auf. „Gott."

Jetzt musste wiederum sie grinsen. „Denn: zu glauben, heißt zu hoffen."

Fragmente, Fetzen ihrer Gespräche. Woher kamen diese Gedankensplitter? Sie hatte das Rührei inzwischen stehen gelassen. Der Appetit war ihr vergangen, das Ei kalt. Sie schaute in den Regen. Zwei Augenpaare ruhten auf ihr. Sie bemerkte es erst, als sie hörte, dass sie nichts mehr hörte. Das plätschernde Gespräch ihrer Freundinnen war verebbt.

„Was ist los bei dir, Mara? Du wirkst nicht so, als sei alles okay." Sie wollte nicht darüber reden. Lucy und Steffi waren ihre Freundinnen, aber sie war gerade nicht in der Stimmung, mit ihnen über Mark und ihre Beziehung zu sprechen. Sie schaute wieder aus dem Fenster. Es würde sicherlich bald kälter werden. Der Winter ließ einen vergessen, wie warm sich 25 Grad anfühlten.

Freiheit. Warum da draußen vor dem Fenster? Warum oben in den Bergen? Warum nicht hier? Warum nicht in dir, Mark?

Zerbrochenes Glas

Oft hatte er darüber nachgedacht, wie es wohl war, in einer heilen Familie aufzuwachsen. Er wusste, dass es keinen Sinn hatte, darüber nachzudenken. Er wusste, dass er in letzter Zeit zu viel trank. Er trank um des Vergessens willen. Doch er hatte nur vorübergehend das Gefühl der Schwerelosigkeit, solange ihn der Alkohol leicht machte und ihn an nichts denken ließ, auch nicht an Mara.

Wenn das Licht in dir Finsternis ist, wie groß muss dann deine Finsternis sein?

Mit ihr war das Ertragen der Finsternis leichter. Seit er sie kannte, war der Lärm in seinem Kopf leiser geworden. Er hatte wieder begonnen, an das Leben zu glauben. Er hatte wieder begonnen, etwas zu spüren und Gefühle zuzulassen.

Wer Durst hat, komme zu mir, denn wer von dem Wasser trinkt, das ich ihm gebe, wird niemals mehr Durst haben. Ich gebe ihm lebendiges Wasser, das in ihm sprudelt und ewiges Leben schenkt.

Verdammt! Sein Durst war nicht zu stillen, egal wie viel er trank. Er verbrannte.

Niemand bemerkte seine Traurigkeit. Er saß in seiner Wohnung. Es war dunkel. Er hatte sich krankgemeldet. Lukas hatte ihm geschrieben. Er hatte nicht geantwortet. Mara hatte angerufen. Er hatte sie abgewimmelt. Sie wollte mit ihm über den Weihnachtsurlaub sprechen. Das erste Weihnachten, das sie gemeinsam verbringen würden. Er wusste, wie viel es ihr bedeutete, und seufzte innerlich. Es war ihm zu viel. Gerade war ihm alles zu viel.

Wenn ihn jemand gefragt hätte, was los war, er hätte es noch nicht einmal genau definieren können. Er wusste nur, dass ihm die Kraft fehlte, dagegen anzukämpfen. Er ließ den Drachen von der Leine und stieß seine Freunde weg, zog sich zurück, und trank. Gegen den Lärm in seinem Kopf. Gegen die Erinnerung. Nichts.

Er trank wieder. Gegen das Chaos in seinem Kopf. Gegen den unsichtbaren Drachen, der wütete. Nichts.

Er wollte einfach seine Ruhe. Er trank noch einen Schluck. Sein Leben war ein Scherbenhaufen. Die Flasche war leer. Und da war nichts.

Es gab keine Antwort auf das Warum. Wozu? Das hatte er sich immer wieder gefragt, und auch darauf keine rechte Antwort gefunden. Mara konnte ihn nicht retten. Sie hatte ihre perfekte Familie, ihren Glauben. Er hatte nichts. Da war niemand, der ihn rettete.

„Hörst du mir überhaupt zu? Meine Familie ist alles andere als perfekt, Mark. Ich habe dich, wir haben uns, und ich liebe dich. Hörst du? Ich gebe uns nicht auf. Ich gebe dich nicht auf!" Es war zu spät.

Die Glasscheibe lag in tausend Splitter zerborsten quer über den Weg verteilt. Mit der Faust, mit einem Stein, mit irgendeinem Gegenstand, mit so viel Wut und Verzweiflung war sie gebrochen. Sie wusste nicht, was es war. Sie hörte nur das Geräusch von zerspringendem Glas, das Bersten und Klirren. Die Scheibe brach und noch etwas brach.

„Ich bin kaputt! Verstehst du das? Hörst du mich? Ich bin kaputt, von innen, von außen. Ich zerstöre jeden in meiner Nähe. Ich bin verdammt kaputt!" Er schrie. Es klang heiser, als wäre seine Stimme nicht fähig, die zerstörerischen Worte klar auszusprechen.

„Wo bist du Mark?"

„Ich sehe einfach den Sinn in den Dingen, die ich tue, nicht! Ich sehe ihn nicht!"

„Wovon redest du da? Mark? Hast du getrunken? Wo bist du?" Mara schrie ins Telefon. Sie hatte längst bemerkt, dass mit Mark etwas nicht stimmte. Er hatte sich in letzter Zeit immer mehr zurückgezogen. Sie hatte begonnen, sich ernsthaft Sorgen zu machen, wusste aber nicht, was sie tun konnte, weil sie nicht bis zu ihm durchdrang, und auch sonst niemand. Jeden ihrer Versuche blockte er ab. Sie wüsste zu gerne, was mit ihm los war. Hatte sie etwas überhört? Übersehen? Hatte sie ihn irgendwie unbeabsichtigt verletzt? Sie verstand die Welt nicht mehr. Sie hörte seine erstickte Stimme, dann war es still.

Wie oft konnte ein Mensch zerbrechen und wieder zusammengeflickt werden? Mit jedem Mal gingen ein paar kleine Scherben verloren, bis irgendwann nichts mehr übrig war, das man noch Flicken konnte.

„Hast du dir mal vorgestellt, wie es wäre, fliegen zu können?"

„Klar, oft. Als Kind habe ich ständig die Vögel draußen beobachtet und mir vorgestellt, wie es wäre, wenn ich auch Flügel hätte. Ob sie mich wohl tragen würden und wie weit? Könnte ich mich auf den nächsten Ast setzen und würde er mich halten oder brechen? Was, wenn mich die Flügel nicht tragen wie bei Ikarus, und ich falle? In meinen Träumen bin ich oft geflogen, aber genauso oft auch gefallen, meistens ins Bodenlose. Ehe der Aufprall kam, war ich wach. Zum Glück."

„Träume vom Fliegen und Fallen. Ich habe als Kind auch öfter davon geträumt, zu fliegen. Ich bin einfach zum Fenster rausgesprungen und losgeflogen, bis mich meine Arme nicht mehr tragen konnten und ich gefallen bin. Flügel hatte ich keine."

„Stell dir vor, der Aufprall in Träumen würde einem nicht erspart bleiben! Dann wäre es nicht mehr der Traum vom Fliegen, sondern der Alptraum vom Fliegen."

Fliegen

Ein Schlag, dann der Schmerz.

Er rannte die Treppe hoch, hielt sich mit einer Hand die brennende Wange. Er spürte, wie ihm Tränen in die Augen stiegen. Aber nicht die aufgeplatzten Lippen taten weh. Es waren Tränen der Wut und der Enttäuschung. Energisch wischte er sie weg. Er würde nicht weinen, nicht vor ihr!

Er fühlte sich wie in einem Dunstschleier gefangen. Er hörte seine Mutter schreien, aber verstand nicht, was sie schrie. Es klang irgendwie so dumpf. Umso weiter er weg lief, umso leiser wurde die Stimme seiner Mutter, bis sie langsam ganz verstummte und nur noch als Echo in seinem Kopf widerhallte. Nie wieder. Mit einem lauten Knall schlug er die Zimmertür hinter sich zu. Dann war es still.

Endlich allein. Nur ganz leise vernahm er ein Schluchzen, das irgendwo aus dem unteren Stockwerk kam. Aber all das schien jetzt ganz weit weg zu sein. Er setzte sich aufs Bett und befühlte vorsichtig Wange und Nase. Er blutete. Egal. Am liebsten wollte er weg von hier. Schon so oft hatte er davon geträumt. Geträumt von einem anderen Leben, das er wohl niemals würde haben werden. Er wollte weg, weg von seinen Eltern.

Sein Vater ging aus dem Haus, kaum dass er aufgestanden war, und kehrte erst irgendwann spät abends oder nachts zurück. Wenn überhaupt. Wohin er ging, wenn er das Haus verließ? Keine Ahnung. Seine Mutter sagte immer, er müsse so viel arbeiten, damit sie über die Runden kämen. Aber das glaubte er nicht. Ausreden, nichts als erstunken und erlogen. Wen wollte sie damit schützen? Seinen Vater, ihn, sich selbst? Eigentlich interessierte ihn auch nicht, was sein Vater so trieb. Es interessierte ihn schon lange nicht mehr. Es hatte einmal eine Zeit gegeben, da wäre er zu allem bereit gewesen, um seinen Vater nur einen einzigen Tag ganz für sich alleine zu haben. Wenn er gewusst hätte, was seinen Vater davon abhielt, für ihn da zu sein, er hätte den Störfaktor am liebsten nach Strich und Faden eliminiert. Aber das waren nur Gedanken gewesen. Die Gedanken eines zutiefst verletzten Kindes, das nicht begreifen wollte, warum sich sein eigener Vater so wenig für es interessierte. Kaum dass sie aufblitzten, waren sie auch schon wieder erloschen.

Er war sich nicht sicher, ob seine Mutter die Wahrheit kannte. Vielleicht wusste sie selbst nicht genau, wohin sein Vater jeden Tag verschwand, aber bestimmt war das Verhalten seines Vaters ein Grund dafür, weshalb sie schon morgens zur Flasche griff. Sie wollte ihren Schmerz betäuben, *ihren* Schmerz, der ein anderer war als seiner. Seinen Schmerz hatte er auch schon versucht zu betäuben. Die Schnittwunde am Handgelenk war längst verheilt. Sie war nur noch als blasse Narbe sichtbar. Als stillschweigender Ankläger erinnerte sie ihn unermüdlich an die vielen misslungenen Versuche, die er schon unternommen hatte, um aus diesem Leben zu fliehen. Er wollte weg, einfach raus aus dieser ganzen Scheiße. Sein Leben war nicht viel mehr wert als das. Er merkte, wie die Sicht vor ihm verschwamm.

Er krallte die Hände fest in die Matratze des Bettes. Salzige Tränen brannten in seinen Augen und liefen ihm über die Wangen. Er ließ es geschehen.

„Du bist einfach der geborene Loser."

„Was kannst du überhaupt?"

„Du kriegst doch nix auf die Reihe, träumst vor dich hin, hast dauernd nur Scheiße im Kopf."

Wie durch einen feinen Schleier hörte er es plötzlich klopfen. Erst zaghaft, dann allmählich energischer. Er wischte sich die Tränen aus dem Gesicht. Alles, was ihn von ihrer erbärmlichen Gestalt trennte, war eine hölzerne Zimmertür. Hier und da blätterte schon die gelbliche Farbe ab. Warum konnte sie nicht einfach für immer aus seinem Leben verschwinden? Wieder das Klopfen, jetzt schon fester, nachdrücklicher. Wie kleine Hammerschläge bohrten sich die Laute unermüdlich ins Holz. Sie brannten in seinem Schädel. Nur widerwillig stand er auf und ging langsam zur Tür. Er wollte doch nur, dass das Hämmern endlich aufhörte. Es sollte wieder still sein.

Vorsichtig öffnete er die Tür einen Spalt breit, doch genug, um den Alkohol in ihrer Stimme zu riechen. Sie schluchzte und stammelte lallend Worte, die er nicht verstand, weil sie in ihrem Schluchzen untergingen. Die Wut war augenblicklich wieder da, die Enttäuschung, der Schmerz. Er wollte sie anschreien, dass sie verschwinden solle. Ich hasse dich!

„Was?" Er schaute sie an und sie schaute zurück. Ihre Augen waren von zu viel Wein rotumrandet und vom Weinen ganz verquollen. Es war ihm egal. Er kannte diesen Anblick schon.

Die Tränen hatten ihre billige Wimperntusche verlaufen lassen, die sich jetzt in schwarzen Schlieren über die Wangen zog. Er sah ihre fettigen Haare, die strähnig herunterhingen. Er sah ihr müdes, blasses, von vielen Fältchen durchzogenes Gesicht. Wenn er gewollt hätte, hätte er darin lesen können, wie in einer Landkarte. Aber er wollte nicht. Er wandte den Blick ab. Ich krieg das Kotzen, wenn ich sie so sehe.

Noch immer war ihre Stimme brüchig und so leise, dass er sich anstrengen musste, sie zu verstehen. Aber wenigstens hatte sie endlich aufgehört zu schluchzen und war imstande, sich einigermaßen verständlich zu artikulieren. „Ich wollte das nicht. Ich verspreche es dir, es wird nie wieder vorkommen. Ich... ich... ich..."

Ihre Stimme wurde beim Sprechen immer schwächer, wie ein ersterbender Motor, der mit größter Anstrengung seine letzten Tropfen Öl ausspuckte, bevor er endgültig den Geist aufgab. Sie schaute ihn dabei unverwandt an aus diesen glasigen, rotgeränderten Augen.

„Nie wieder... Nie wieder."

War alles, was er verstehen konnte. Wieder und wieder, immer wieder. Was sie sagte, war völlig bedeutungslos. Leere Worte, weiter nichts. Dann registrierte er eine unmerkliche Veränderung in ihren Gesichtszügen, ein leises Staunen im Blick. Sie musterte seine blutige Nase, die aufgesprungene Oberlippe und die rote, schon leicht angeschwollene Wange. Jetzt sieht sie mich endlich.

„Dein Gesicht... Das war doch nicht...“

Wieder brach sie in Schluchzen aus. Sie wollte die Hand nach ihm ausstrecken, vielleicht wollte sie ihn streicheln, wie sie es früher immer getan hatte, als er noch klein war. Jedes Mal, wenn er traurig war, hatte sie ihm sanft das Haar getätschelt und war dann mit ihrer Hand weiter ganz sacht über seine Wange gestrichen. „Hänschen klein ging allein in die weite Welt hinein, Stock und Hut steht ihm gut, ist gar wohlgemut.“ Alles wird gut. Nichts wird gut! Dieselbe Hand, die jetzt, wann immer es ihr passte, so kräftig zuschlagen konnte, dass ihm Hören und Sehen vergingen, die tröstende Hand seiner Mutter.

Er machte die Tür zu. Er wollte diese Bilder nicht in seinem Kopf haben. Er wollte die Erinnerungen zusammen mit seiner heulenden Mutter draußen vor der Tür aus seinem Leben aussperren. „Es wird nie wieder passieren. Ich verspreche es dir! Nie wieder.“ Das hatte sie ihm schon zu oft versprochen.

Er ging von der Tür weg. Draußen auf dem Fensterbrett saß ein Vogel, ein kleiner Spatz. Leise zwitscherte er vor sich hin. Sobald Mark näherkam, war der Spatz weg. Er öffnete das Fenster weit und atmete die frische Luft in tiefen Zügen. Er konnte seine Mutter noch vor der Tür hören, ein Weinen, Schluchzen, Worte, die er nicht verstand. Warum konnte seine Mutter nicht wie dieser Spatz sein? Einfach weg.

Als er klein war, damals als in seiner Erinnerung noch alles in Ordnung war, hatte er sie einmal gefragt, warum Vögel fliegen können. Auf seine Frage, ob er denn auch eines Tages fliegen könnte, hatte sie geantwortet: „Sei nicht albern, Schatz. Mit dem Flugzeug kannst du fliegen, wohin du willst, aber du wirst nie so fliegen können wie ein Vogel. Dazu brauchst du Flügel. Die hast du nicht, und dir werden auch nie welche wachsen. Mensch bleibt Mensch."

Wann war das alles gewesen? Woher kamen diese Erinnerungen? Es musste schon lange her sein. In einem Punkt jedoch hatte sie sich getäuscht, das wusste er jetzt. Ihm würden vielleicht niemals Flügel wachsen, aber ein Flugzeug brauchte er nicht, um fliegen zu können. Das war das letzte, was ihm durch den Kopf schoss, das Bild eines kleinen Jungen, er hatte seine Arme ausgebreitet und lief, sie abwechselnd auf- und niederschlagend, fröhlich um seine lachende Mutter herum. „Schau einmal Mami, ich bin ein Vogel, ich kann fliegen, ich fliege, ich fliege!"

Und tatsächlich, er flog.

Ein letztes Bild tauchte vor seinem inneren Auge auf, flatterte an ihm vorbei wie ein Schmetterling, der Bruchteil einer Sekunde:

Mara schaute ihn milde lächelnd an, wie sie es immer tat. „Und wenn du das Leben als Geschenk siehst, einmalig kostbar und wertvoll, weil du nur dieses eine hast, egal, wie schwer es wiegt? Du hältst es in der Hand, du kannst es formen, entwickeln, mit Farbe füllen und dir zu Eigen machen. Es steht dir zur Verfügung. Mach was draus! Würdest du ein solches Geschenk nicht bis zuletzt auskosten wollen? Jeder Tag ein Überraschungscocktail!" „*Wenn ich Überraschungen mögen würde, vielleicht.*"

Er sah die Farben der Wüste vor seinem Auge aufblitzen. Hellgrau. Beige. Rosé. Dottergelb. Ocker. Und wenn es Nacht wird: Schwarz.

Bei Regen:
Rostrot

Abschied

Liebe Mara,

Du denkst, du bist heil, du hast den Schmerz, die Enttäuschung, die Wut hinter dir gelassen. Aber wenn du dich traust, näher hinzuschauen, und du schaust hin, bricht plötzlich etwas auf. Du siehst dich. Du siehst, wer du warst, wer du geworden bist, wer du jetzt bist. Es ist neblig, dunkel, kalt, und leer. Ich habe versucht, zu kämpfen und habe den Kampf verloren. Ich schaffe das Leben nicht mehr. Mein Versuch, eine Erklärung zu finden, ist kläglich, weil ich es nicht erklären kann. Es ist, als ob die Dunkelheit mich festhält. Alles in mir ist Finsternis. Egal, wo ich bin. Ich kann ihr nicht davonlaufen. Ich kann laufen und laufen, und kann doch nicht vor mir selbst davonlaufen. Du glaubst an Gott, und manchmal habe ich dich um diesen Glauben beneidet. Manchmal war ich auch eifersüchtig. Dein Gott, habe ich gedacht, was kann der mir schon sagen, wie soll der mir helfen? Wer weiß? Vielleicht hätte er auch mein Gott werden können, mein Licht, mein Heil, vielleicht in einem anderen Leben. Wer weiß. Wenn ich an dieses Jahr mit dir zurückdenke, sehe ich zwei moosgrüne Augen, die immerzu lächeln. Ich hoffe, sie hören nie auf zu lächeln. Sand hat tausend Farben. Das habe ich von dir gelernt. So bunt wie das Leben, wie die Menschen und ihre Beziehungen, Inseln voller Licht und Farbe, und irgendwo dazwischen waren wir. Es war das schönste Jahr meines Lebens. Ich habe es dir bisher nicht sagen können, aber ich hoffe, du weißt es längst: Ich liebe dich!

Dein Mark

Mara las Marks Brief wieder und wieder. Sie suchte in seinen Worten nach dem Mark, den sie kennen und lieben gelernt hatte. Sie suchte Halt zwischen den Zeilen. Sie suchte die Hoffnung schwarz auf weiß. Es war die Hoffnung, die blieb. Die Hoffnung war stärker als die Verzweiflung. Das war es, was sie glaubte. Dennoch tat der Abschied weh. Es tat so weh, nicht zu verzweifeln. Sie drehte die Musik lauter, wollte, dass ihre Gedanken leiser wurden, dass der Schmerz nachließ. Hätte sie nur gewusst, wie sie sein Leben hätte retten können.

Where did I go wrong? I lost a friend
Somewhere along in the bitterness
And I would have stayed up with you all night
Had I known how to save a life

Sprachlos. Wortlos. Tonlos.

Angesichts des Schmerzes, den dieser Abschied bedeutete, war sie nicht imstande, ihre Sprache zu finden, Worte zu formen, Töne zu produzieren. Sie war vollkommen leer. Sie war da und fühlte sich doch nicht. Sie wollte stark sein. Sie ballte die Hände zu Fäusten und versuchte, die Tränen zurückzuhalten. Sie konzentrierte sich auf die Musik, den Liedtext in ihren Ohren, um nicht schreien zu müssen. *I know it's all you've got to just be strong. And it's a fight just to keep it together.* Sie wollte ganz sein, sich wieder spüren können. Sie wollte nicht kämpfen. Sie wollte einfach sein. *I know you think, that you are too far gone. But hope is never lost.* Sie wollte den Weg wieder sehen, wieder Hoffnung haben. Die Hoffnung hatte sie gehalten. Immer. Wo war sie jetzt? *Hold on, don't let go.*

Just take one step closer. Put one foot in front of the other. Sie ging weiter. Sie würde immer weitergehen. Auch wenn sie den Weg gerade nicht sehen konnte. Sie würde weitergehen. *You'll get through this. Just follow the light in the darkness. You're gonna be ok.* Ein Licht in der Dunkelheit. Sie wünschte, Mark hätte es auch sehen können. Er war nicht okay gewesen. *I know your heart is heavy from those nights. Just remember that you're a fighter.* Sie presste ihre Hände fester zusammen, bis es wehtat, und versuchte, gegen den Schmerz in ihrem Inneren anzukämpfen. *You never know just what tomorrow holds. And you're stronger than you know.* War es nicht völlig egal, was morgen war, was jemals wieder sein würde, wenn sie noch nicht einmal das Jetzt ertrug? Sie wünschte, sie wäre stärker, aber sie war nicht stark genug. Jetzt nicht. Noch nicht. Aber ihr Lächeln würde wiederkommen. Das hatte Mark gewollt. Tränen traten aus ihren Augen, flossen über ihre Wangen, tropften ihr salzig auf die Lippen. Sie hielt sie nicht mehr zurück und weinte. Sie weinte, wie sie noch nie in ihrem Leben um jemanden geweint hatte.

Überleben

Sie hatten es alle nicht gewusst, nicht geahnt, und so waren sie jetzt hier. In einer Welt ohne ihn. Der Schmerz brannte, wann immer sie an ihn dachten. Auch er war jetzt ein Teil ihres Seinsgedächtnisses, die Erinnerungen an ihn konserviert für die Ewigkeit: Sein Lachen, seine Augen, seine spitzfindigen Bemerkungen, seine dummen Sprüche, sein intelligenter Scharfsinn, seine Geduld, seine Verlorenheit, seine Art durchs Leben zu gehen. Dieses Jahr hatte ihn verändert. Oder waren sie es, die sich verändert hatten?

Es war kalt geworden draußen. Noch vor Weihnachten fiel bestimmt der erste Schnee. Wer von ihnen konnte sich im Sommer an das Gefühl erinnern, das er hatte, wenn er durch eine verschneite Landschaft spazierte, und alles still unter einer weißen Kristalldecke verborgen lag? Wer von ihnen konnte sich jetzt an das Glück erinnern, das er empfand, wenn er nicht traurig war?

Aber sie würden sich erinnern, sobald der Schmerz vorüberging und neue Tage kamen. Sie würden wieder das Gefühl haben, glücklich zu sein, und es immer gewesen zu sein. Wie haben wir damals eigentlich getrauert? Der Schmerz geriet in Vergessenheit. Gefühle waren nur für den Augenblick, gelebt zu haben aber für die Ewigkeit. Denn *im Augenblick des Todes hört die Zeitlichkeit auf.* Das Leben nach dem Tod ist kein einfaches Fortleben in die Ewigkeit hinein, sondern ein anderes Leben. Ein neues Leben. Wir leben nicht, um zu sterben. Wir sterben, um zu leben.

Und andere überleben.

Lukas und Steffi

Lukas hatte Mark am längsten gekannt. Die beiden waren Freunde gewesen. Wie konnte es sein, dass er nicht bemerkt hatte, was mit Mark los war? Steffi versuchte, zu trösten. Für manche Dinge im Leben gab es keinen Grund. Manche Dinge waren schrecklich und passierten einfach.

Aber Mark war sein bester Freund gewesen! Wieso hatte er nichts für ihn tun können?

Mark hatte sich niemandem anvertraut. Wer hätte wissen können, wie es in ihm tatsächlich aussah? Selbst Mara war nicht mehr zu ihm durchgedrungen.

Trotzdem, er hätte ihm ein besserer Freund sein müssen!

Steffi verstand Lukas. Sie verstand, was er fühlte, sie selbst machte sich ähnliche Vorwürfe. Sie ahnte aber auch, dass sie es nie begreifen werden würden.

Mara hatte einmal über den Glauben gesagt: Glauben bedeutete, die Unbegreiflichkeit Gottes ein Leben lang aushalten zu müssen. Jetzt, wo sie selbst etwas so Unbegreiflichem gegenüberstand, glaubte Steffi, die Bedeutung dieser Aussage erst richtig verstehen zu können. Sie wusste jetzt, was es bedeutete, etwas Unbegreifliches aushalten zu müssen.

Sie hatte in letzter Zeit viel mit Mara gesprochen, ihr Fragen gestellt. Mara war am nächsten dran gewesen. Sie hatte nicht nur einen Freund, sondern die Liebe ihres Lebens verloren. Obwohl auch sie sich traurig, wütend, hilflos fühlte, schien sie dennoch nicht niedergeschlagen zu sein. Irgendwie schien ihr Gott sie aufzurichten.

Die Liebe erträgt alles, hält allem stand...

Steffi hatte Mark nicht so gut gekannt wie Lukas oder Mara, trotzdem war sie geschockt gewesen. Ihr fiel es schwer, sich keine Fragen zu stellen, auf die es keine Antworten gab. Warum hatte sich Mark so entschieden? Warum hatte er sich das Leben genommen? Und ihr Leben ging einfach weiter.

170

So war es doch immer. Das Leben geht weiter. Aufstehen, Krone richten, weitergehen. Für sie und Lukas wird es weitergehen. Vielleicht nicht wie vorher, und sicherlich würde noch eine Weile das Gewicht der Tragödie auf ihnen lasten, schwer wie Blei. Aber es würde weitergehen und mit der Zeit würde der Verlust weniger wiegen, die Trauer heilsam sein. Vergessen würden sie Mark nie. Noch auf der Hochzeit hatten sie gemeinsam auf die Zukunft angestoßen, gelacht, getanzt, gesungen und in Erinnerungen an vergangene Tage geschwelgt. Diese Erinnerungen würden ihnen bleiben. Erinnerungen an Mark.

Lucy und Max

Sie saßen auf ihrer Dachterrasse in Decken gehüllt, die Heizstrahler an und hielten sich aneinander fest. Sie blickten in die Sterne, in die Dunkelheit und Lucy fragte sich, ob einer dieser Sterne da oben jetzt für Mark leuchtete. Sie strich sich über den gewölbten Bauch, und dachte an den Sommer und die Partys, die sie hier oben gemeinsam gefeiert hatten, an den Umzug und an ihr erstes Date mit Max, an ihr Kennenlernen. Und sie dachte an Mara, und an das vergangene Jahr voller schöner Erinnerungen. Sie merkte kaum, dass Tränen über ihre Wangen liefen. Max sagte nichts. Auch er starrte in den schwarzen Nachthimmel.

Die Sternschnuppe sahen sie beide gleichzeitig und verfolgten das verglühende Körnchen mit ihren Blicken, bis es erloschen war.

„Mark. Er soll Mark heißen."

Lucy schwieg einen Moment. Sie ließ die Worte in ihrem Kopf nachwirken.

„Ist das nicht etwas makaber? Ich würde die Erinnerung an Mark auch gerne wachhalten, aber unser Kind sollte frei sein. Ich will ihn nicht Mark rufen und jedes Mal an Mark denken."

„Du hast Recht. War nur ein Gedanke, weil auch Mark seinen Teil dazu beigetragen hat, dass wir jetzt hier gemeinsam sitzen. Zu dritt."

Schweigen. Lucy lächelte in die Dunkelheit hinein und genoss die Wärme der Heizstrahler, Max Hände, die sie streichelten, und das leise Glucksen in ihrem Bauch. Der kleine Mann hatte Schluckauf.

Nach einer Weile seufzte Max in die wohlige Stille hinein. „Na gut. Mark also nicht. Wie wär's denn dann mit Markus?" Ihr Bauch gluckste und sie mussten beide lachen, und lachen und lachen und wollten gar nicht mehr damit aufhören. Sie merkten, wie sie beim Lachen loslassen konnten. Ängste, Zweifel, Traurigkeit und das Gefühl der Ohnmacht fielen von ihnen ab. Das Lachen befreite sie. Und während sie so dasaßen und lachten, flammte in ihren Köpfen ein Blitzlichtgewitter an schönen Erinnerungen auf, die ihnen bleiben würden, auch wenn ihr Lachen längst verebbt war.

Mara

Es war wieder Advent geworden, Vorweihnachtszeit, die Zeit der bunten Lichterketten und Weihnachtsmärkte. Mark hatte diese Zeit gehasst, in der die Menschen sich gegenseitig vormachten, wie sehr sie sich liebten.

Alles musste perfekt sein. Von der Tischdekoration über den Weihnachtsschmuck bis zur Festtagskleidung, von der zeternden Schwiegermutter bis hin zur goldbraun gebratenen Weihnachtsgans und den selbstgebackenen Plätzchen musste alles perfekt sein. Repräsentationen perfekter Liebe, die es so nicht gab.

Es hatte sie traurig gestimmt, dass seine Vorstellung von Weihnachten und der Liebe von medialen Darstellungen verzerrt gewesen war.

Gerne hätte sie ihn über Weihnachten zu ihrer Familie mitgenommen, um ihm zu zeigen, worauf es an Weihnachten wirklich ankam. Die Liebe, die Gott an Weihnachten schenkt, ist perfekte Liebe, klein und bescheiden, im Außen fast übersehbar, im Innen aber strahlend hell. Eine Liebe, die sich von innen nach außen selbst verschenkt.

Ihre Familie war zwar auch nicht das beste Beispiel für Gottes Liebe in der Welt, aber zumindest wurde an Weihnachten nichts dargestellt, was nicht war. Sie hätte dieses Weihnachtsfest gerne mit Mark gefeiert.

Sie schloss die Augen und atmete tief durch, hörte den Regen draußen, der Regen, der den Sand in der Wüste an manchen Stellen rostrot gefärbt hatte. Auch davon hatte sie Mark erzählt. Bei Regen war der Sand rostrot. Sie hatte ihm Fotos gezeigt von all den Farben, die die Wüste erfüllten. Die Wüste ist nicht wüst und leer und öd, nicht trocken und eintönig. Er hatte ein wenig skeptisch die Stirn gerunzelt, dann war es aus ihr herausgeplatzt: *Sand ist nicht einfach sandfarben. Sand hat tausend Farben!*

Sie spürte die Tränen hinter den geschlossenen Lidern und wartete kurz, bis der Schmerz vorüberging. Es gab kein Grab, an dem sie hätte trauern können. Marks Asche war anonym irgendwo beigesetzt worden. Er hatte es so verfügt. Er wollte nicht gehalten werden an einem Ort, der an sein Gewesen-Sein erinnerte. Alles was von ihm bleiben sollte, waren die Erinnerungen in ihren Herzen, Erinnerungen an einen Lebenden, die mit der Zeit verblassen würden.

Sie saß in einer Kirchenbank ganz vorne vor dem Altar, allein. Es war Werktag. Die meisten Leute gingen ihren täglichen Aufgaben nach. Die Kirche war nicht groß. Sie war zufällig hier vorbeikommen und hatte das Bedürfnis verspürt, einen Moment zur Ruhe zu kommen. Die Tür war nicht verschlossen gewesen. Sie hatte die kleine Krippe bewundert, die in der Ecke aufgebaut worden war. Noch fehlte das Jesuskind. Man sah eine Landschaftsszene, eine angedeutete Stadt, geschäftiges Treiben, davor Bauern auf ihren Feldern, Hirten, die ihre Schafe weideten. Und irgendwo dazwischen Maria und Josef, die schon von der Verheißung wussten, die Gottes Wort angenommen hatten, und doch nur ahnen konnten, was es für ihr Leben und das der Menschen bedeuten würde. Der Retter der Welt wird als Gottessohn Mensch unter den Menschen, um für sie zu leiden, zu sterben und zu leben, ihnen das ewige Leben zu geben. Sie wusste, dass dieses Weihnachtswunder, mit dem das Leben der Menschen beginnt, für menschliches Ermessen zu ungeheuer war.

„Die ungeheure schweigende Leere, die wir als Tod empfinden, ist in Wahrheit erfüllt von dem Urgeheimnis,

das wir Gott nennen, von seinem reinen Licht und seiner alles nehmenden und alles schenkenden Liebe [...]" schreibt Karl Rahner in „*Warum lässt uns Gott leiden?*" Karl Rahner, jener Jesuitenpater, der auch den Satz prägte, *Glauben heißt, die Unbegreiflichkeit Gottes ein Leben lang aushalten.* Aushalten und durchstehen. Schon wieder wurden ihre Augen feucht. Aushalten mussten sie alle, auch jetzt, den Schmerz und die Leere, die Mark zurückgelassen hatte, als er ging.

Sie stellte sich keine Fragen. Es gab Fragen, deren Antworten zu wissen ihr nicht zustand. Noch nicht. Sie blickte auf zum Kreuz. Anfang und Ende. Alpha und Omega. Ohne Leben kein Kreuz, ohne Kreuz kein Leben. „Ich gebe dir den Schmerz meines Herzens. Er möge dir zur Freude werden, meine Tränen dir zur Heiterkeit", flüsterte sie. Es wurde Zeit, zu gehen. Sie war noch mit ihrer Schwester verabredet.

Als sie aufstand, stieß sie gegen die Kirchenbank. Ein Zettel rutschte aus der Ablage und segelte in den Gang ihr vor die Füße. Sie hob ihn auf. Es war ein Gedicht, ein Impuls für die Adventszeit. Der Zettel war wohl in einem der letzten Gottesdienste hier verteilt und in der Bank zurückgelassen worden. Sie kannte das Gedicht, hatte es letztes Jahr schon einmal in Händen gehalten. Es war von Christa Spilling-Nöker. Unwillkürlich musste sie lächeln.

Sie wischte sich die Tränen ab, legte den Zettel zurück in die Kirchenbank und ging.

Mache dich auf den Weg
und suche das Licht,
das tief in deiner Seele
unter vielen Traurigkeiten
fast erloschen ist.

Mache dich auf den Weg
und grabe die Hoffnung aus,
die tief in deiner Seele
unter tausend Ängsten
ganz verschüttet ist.

Mache dich auf den Weg
und lass die Lebenskräfte frei,
die tief in deiner Seele
durch erlittene Schmerzen
ganz gefesselt sind.

Mache dich auf den Weg
und finde wieder heim zu dir selbst.
Und du wirst wieder leuchten
und hoffen und leben.

(Christa Spilling-Nöker)

Nachwort der Autorin

Wonach sucht dein Herz?
Was ist deine tiefste Sehnsucht?

Ich glaube, wir alle sind auf der Suche, sehnen uns danach, geliebt zu werden. Als Christin glaube ich daran, dass Gott uns aus bedingungsloser Liebe erschaffen hat, nicht, weil er uns brauchte, sondern weil er uns liebt. Diese Liebe ist in jeden Menschen von Beginn an eingeschrieben. Doch als sündige Menschen sind wir nicht fähig, so zu lieben, wie Gott. Wir verletzen einander, benutzen einander, lieben aneinander vorbei, sind nicht fähig, uns selbst zu lieben oder die Liebe eines anderen anzunehmen und weiterzugeben. Wie Gott zu lieben, fällt uns schwer, weil wir keinen reinen Blick auf unser Gegenüber haben. Und doch lieben wir. Das Geheimnis dieser Liebe wird immer ein Stück weit immanentes Geheimnis bleiben. Ein wenig lässt es sich vielleicht erahnen in dem Ja, das eine schwangere Frau zu ihrem noch ungeborenen Kind spricht. In Psalm 139 heißt es: *„Als ich noch gestaltlos war, sahen mich bereits deine Augen. In dem Buch sind sie alle verzeichnet: die Tage, die schon geformt waren, als noch keiner von ihnen da war."* Wir sind gesehen und geliebt von Anfang an. Aus Liebe geschaffen in eine Welt der Beziehungen hinein. Der Mensch ist ein Beziehungswesen. Wir leben in Beziehungen und aus Beziehungen heraus. Beziehungen prägen unser Leben, unser Lieben, unser Werden, unser Sein. Beziehungen verändern sich, sie verändern uns. Nicht jede Beziehung tut gut, nicht jede Beziehung entwickelt sich so, wie wir es wünschen. Wir treffen Entscheidungen, täglich, immer wieder neu. Wir treffen die Entscheidung, zu lieben und zu lassen, Beziehungen einzugehen und zu beenden. Wir entscheiden uns für Menschen und gegen sie. Manche werden Teil unseres Lebens, andere streifen es nur. So gleicht kein Leben dem anderen. Jedes Leben ist einzigartig bunt wie der Sand. Wir haben selbst in der Hand, welche Farbe wir unserem Leben geben wollen. Das Leben liegt uns zu Füßen, wir können es uns nehmen, so oft wir wollen und es füllen mit Formen und Farben, mit Menschen und Begegnungen, mit lauten und leisen Tönen. Das ist der Geschmack des Lebens. Und wenn das Leben fahl schmeckt? Nicht immer gelingt es, dem Leben aus eigener Kraft die nötige Würze zu geben. Die Heilige Mutter Teresa hat einmal ein paar schöne Sätze über das Leben gesagt, die deutlich machen, dass das Leben nicht immer nur aus Licht besteht. Schließlich und endlich gehört zum Leben auch der Tod.

Nadja Neubauer

Mutter Teresa über das Leben

Das Leben ist *eine Chance, nutze sie.*
Das Leben ist *Schönheit, bewundere sie.*
Das Leben ist *Seligkeit, genieße sie.*
Das Leben ist *ein Traum, mache daraus Wirklichkeit.*
Das Leben ist *Herausforderung, stelle dich ihr.*
Das Leben ist *Pflicht, erfülle sie.*
Das Leben ist *ein Spiel, spiele es.*
Das Leben ist *kostbar, gehe sorgfältig damit um.*
Das Leben ist *Reichtum, bewahre ihn.*
Das Leben ist *Liebe, erfreue dich an ihr.*
Das Leben ist *ein Versprechen, erfülle es.*
Das Leben ist *ein Rätsel, durchdringe es.*
Das Leben ist *Traurigkeit, überwinde sie.*
Das Leben ist *eine Hymne, singe sie.*
Das Leben ist *dein Kampf, akzeptiere ihn.*
Das Leben ist *eine Tragödie, ringe mit ihr.*
Das Leben ist *ein Abenteuer*, w*age es.*
Das Leben ist *Glück, verdiene es.*
Das Leben ist *das Leben, verteidige es.*

Und schließlich:

Das Leben ist das Leben, lebe es!

Vielen Dank an alle, die mein Buchprojekt auf unterschiedlichsten Wegen unterstützt haben.

Im Buch zitierte Liedtexte:

Alessa Knur *I Follow You*
Lauren Daigle *Rescue*
The Fray *How to Save a Life*
Jenn Johnson *You're Gonna Be Ok*

Das Gedicht von Christa Spilling-Nöker stammt aus:

Christa Spilling-Nöker: Von einem Engel zart berührt. Geschichten, Gedichte, und Meditationen zur Weihnachtszeit. Quell Verlag, Stuttgart 1998.

Lesenswert sind auch die Gedanken von:

Viktor Frankl, *Trotzdem Ja zum Leben sagen*
Alfred Delp SJ, *Worte der Hoffnung*
Martin Buber, *Ich und Du*